JN211002

D+

dear+ novel

KOIWA AMAKUNAI ? ・・・・・・・・・・・・・・

恋は甘くない?

月村 奎

新書館ディアプラス文庫

恋は甘くない？

contents

illustration : 松尾マアタ

恋は甘くない？

1

性格とは先天的なものなのだろうか、それとも後天的な要素が強いのだろうか。

小嶋睦月は物心ついたときにはすでに、自分よりも人の気持ちを優先する性格だった。……というと思いやりあふれる善良な人間のようだが、実際はただただ揉めごとが苦手で気弱な性格だった。かしましい姉と妹に挟まれて育った睦月は、たとえばおやつのケーキひとつとっても、姉と妹が争奪戦を繰り広げるのを遠巻きに見届けてから、おそるおそる残り物に手をのばすような子供だった。

そんな性格だから、家族や友達から頼みごとをされてもノーと言ったことがなく、というより言えたためしがなく、面倒ごとを背負い込むこともしばしばだった。それを恨みに思ったことはない。ノーと言えない自分が悪いのだから、そのつけを自分で払うのは当たり前のことだった。

大学に入学して、学部のオリエンテーションで隣に座った幸田陽菜という女子学生から、

「サークル見学につきあってもらえないかな。一人じゃ心細くて」

と懇願された時にも、断るという選択肢は睦月にはなかった。今後四年間つきあいが続く同級生との関係を気まずいものにしたくなかったし、サークル見学くらいなら大したことでもないと思った。

「ここなんだけど」

と陽菜が見せてくれたスマホの画面には『スイーツ研究会』なるサークルのHPが表示されていた。おいしそうなスイーツの写真がデコレートされた、なんともかわいらしいページである。

　主な活動はスイーツの食べ歩きと、学園祭でのスイーツの製作販売。スイーツ合宿なるものもあるらしい。『別腹』という臓器を持つ女の子たちがキャッキャうふふと集う、お花畑のようなサークルに違いない。男の睦月には場違いだし、そもそも通常の食事だけでも持て余している食の細い睦月には「食べ歩き」や「食べ放題」のキャッチフレーズは楽しさよりも恐怖を喚起する。

　だがあくまで付き添いだ。自分が入会するわけではない。

　サークル棟に向かいながら、人懐こい陽菜は睦月にあれこれと質問を浴びせかけてきた。

「小嶋くん、何人兄弟？」

「姉と妹の三人」

「あー、そんな感じ！　いかにも三姉妹の次女っぽい」

「いや、長男です」

「姉妹に挟まれて育った男子って、独特の雰囲気があるよね。女子の間に溶け込みやすいっていうか。小嶋くんは見た目も女子っぽいし」

「女子って……。これでも平均身長はクリアしてるし、すね毛だって生えてるよ」

　ささやかな反論を試みると、

「すね毛なんて、放っておけば女子だってボーボーだよ」

と豪快に笑い飛ばされた。とてもサークル見学に一人で行くのが心細いというキャラには見えないが、性格にかかわらず女子は個人行動が苦手だというのも、『次女』的にはまあなんとなくわかる。

　陽菜の指摘通り、睦月は男としては線が細くて柔和な方だ。だからといって、女装が似合うような女顔というわけでもない。どこのクラスにも数人いるタイプのひょろりと細くて地味なぱっとしない男だった。

　古いサークル棟の通路は、消防の検査でも入ればたちまち厳重注意を受けそうなくらい、わけのわからないがらくたで埋め尽くされ、到底二人並んでは歩けない有様だった。魔窟のようなその場所に足を踏み入れた途端、陽菜の口数が減った。

「……本当にこんなところで活動してるのかしら」

「スイーツっていうより、魔女が大きいスプーンで毒入りスープでも煮込んでいそうだよね。

あ、あそこだ」

睦月は通路沿いの扉の一つを指差した。『スイーツ研究会』というプレートが貼られたドアが、食品サンプルのパフェやケーキでごてごてにデコられている。

ドアの前で二人で固まっていると、睦月たちが今やってきた通路から男が一人入ってきた。縦にも横にも大きな男だ。髷を結わせて浴衣を着せたら、完全に相撲取りである。

この奥に相撲同好会でもあるのだろうか。男に通路を譲ろうと、陽菜と二人でスイーツ研究会のドアに身を貼りつけるようにした。

しかし、男は睦月たちの傍らでぴたりと足を止めた。

「あら、入会希望のコ？」

巨体に似合わぬ柔らかい抑揚で訊ねてくる。

「あ、いえ、スイーツ研究会を見学したくて」

相撲同好会に用はないのだと婉曲に伝えてみる。

「やっぱりうちに入会希望のコたちね。どうぞ、入って♡」

関取（仮名）がデコラティブなドアを開けると、そこは華やかなドアとは対照的に地味な色合いが広がっていた。

「新入生よ♡」

関取の紹介に室内から四人の視線が一斉に通路に注がれる。全員男で、ほぼ全員メタボ気味だった。

『ほぼ』とつけたのは、ひとりだけ例外がいたからだ。その他のメタボを補ってあまりある見場のいい例外だった。長身でスタイルがよく、しかもその男らしく鋭角的に整った顔には見覚えがある。オリエンテーションで顔を合わせた同じ学部の一年生だ。名簿順で睦月のすぐ前にいたからよく覚えている。確か川久保省吾という名前だった。

川久保は部屋の一番奥で、メガネをかけた小太りの男となにやら談笑している。まさかすでにこのサークルに入会しているのだろうか。

部外者である睦月はそんなふうに比較的冷静に状況を観察していたが、入会目的で見学に来た陽菜は、クラスメイトの存在にも気付かないくらいに口をあんぐり開けて固まっていた。まさかこんなメタボ男子だらけのサークルだとは思わなかったのだろう。それは睦月も同感だ。『スイーツ研究会』と聞けば、しかもあのかわいらしいＨＰを見れば、女子の女子による女子のための集まりだと思うだろう。

「どうぞ、入ってちょうだい♡」

関取の勧めに、陽菜は困惑の笑みを浮かべ、ぶんぶんとかぶりを振った。

「ごめんなさい、ちょっと考えてた雰囲気と違ってたので、失礼します」

行こ、と促されて、睦月も会釈してその場を離れようとする。しかし関取にグローブのような手で腕をつかまれた。

「そう言わないで、お茶くらい飲んでいきなさいよ」

どうしよう、とあわあわする睦月の傍らで、「結構です」と陽菜はきっぱりと誘いを拒(こば)んだ。関取のつぶらな瞳が、悲しげに曇(くも)る。「結構」はちょっと言葉がきつくないだろうか。せっかく親切で言ってくれているのに。

持ち前の優柔不断さを発揮(はっき)していると、一刻も早く立ち去りたい様子の陽菜が痺(しび)れを切らしたように睦月を見た。

「行こうよ、小嶋くん。それとも見学していく?」

「いや、あの、」

「一人でもどうぞ」

ここで自分まで「結構です」と言ったら、関取を傷つけてしまうのではないだろうか。無下(むげ)に断れずにいるうちに、陽菜は「じゃ、先に帰るね」と通路を引き返していってしまった。

わー、またこのパターンかと、自分に呆(あき)れる。陽菜の誘いを断れずにつきあって、今度は関取の誘いを断れずに取り残される。睦月の人生はだいたい常(つね)にこんなふうに流されるままに展開してきた。

「ミコちゃん、なんで貴重な女子を取り逃(のが)してるんだよ」

中にいた小柄(こがら)で小太りの男が口を尖(とが)らせる。関取がミコちゃんと呼ばれていることに『源氏名か』と軽く衝撃を受ける。

「いや、でもさ、やっぱ男だけの方が色々気楽じゃね？」

傍らにいた天然パーマの小太りの男が、愛想良く睦月を中に招き入れてくれた。

「じゃ、とりあえずここにお名前をお願いね」

ミコちゃんに渡されたタブレット端末の画面には、入会届らしき画面が表示されていて面食らってしまう。

「いえ、あの……」

「あ、そうそう、まだ自己紹介もしてなかったわね。アタシは御子柴剛太。そっちの小さいのが小川修一で、隣の天パが大泉幸彦よ」

そうか、源氏名じゃなくて御子柴だからミコちゃんなのかと納得しつつ、促されるままに自己紹介させられる。固まっている睦月の代わりに、御子柴が魚肉ソーセージのような指で器用にタブレットに睦月の名前と連絡先アドレスを打ちこんでいく。

「睦月くんっていうんだ。かわいいお名前ねぇ。むっちゃんって呼んでいい？」

「えっと、……はい」

睦月がノーと言えない性格を遺憾なく発揮している後ろからは、こちらの動静には無関心な川久保とメガネ男の会話が聞こえてくる。

「しかし学食で川久保を見かけたときにはびっくりしたよ」

「俺も驚きました。中学卒業以来だから、四年？　いや、五年ぶりですか？」

「だよな。おまえはあの頃からイケメンだったけど、ますます嫌味な感じにかっこよくなったな」

「土井さんこそ益々立派になりましたね」

「失礼だな。確かにこのサークル立ちあげてから激太りしたけどな」

どうやらこの土井というメガネ男がサークルの主催者らしい。会話の様子からして、川久保は入会希望というわけではなく、単に顔見知りの土井という男と喋りに来ただけのようだ。

帰るタイミングを逸しておろおろしている睦月に、御子柴が電気ポットの湯でコーヒーを淹れてくれた。

「そっちのお二人さんも、コーヒーいかが？」

声をかけられて振り向いた川久保と目が合ってしまい、睦月は咄嗟に「どうも」と会釈した。

それを見て土井が「お」という顔になる。

「あれ、きみらは友達？」

とんでもないです！　オリエンテーションで一瞬同席しただけで、友達どころか口すらきいたこともなくて、川久保くんは俺のことなんて全然覚えてないと思います！　という脳内の返答を口にする前に、

「同じ学科の同級生です」

川久保がさらっと答えたので驚いた。

存在を知っていてくれただけでも僥倖と思えるような雰囲気が川久保にはある。容貌としてはいまどきのというよりは普遍的に好まれそうな美男子だが、シャツやジーンズのさり気ない配色や組み合わせに、ただものではないおしゃれ感が漂っている。口を閉じるとややきつめに見えるその顔で無表情に見つめられると、平伏したくなる迫力があって、思わずどきどきしてしまう。

「イケメンくんはブラック？　それともお砂糖とミルクも入れる？」

「いりません。もう帰るので」

御子柴の問いかけに、川久保はきっぱりと断りを入れ、それが遠慮ではない証拠とばかりに、「じゃ」と土井に会釈をしてさっさと部室を出て行ってしまった。

「はっきりしたコね」

目をぱちぱちさせる御子柴の横で、小川と大泉が「生意気なやつだな」と囁き合う。

「悪いな。昔から愛想のない男なんだ」

土井が苦笑いでフォローを入れる。

睦月にはなんの非もないことだが、場の空気を悪くしたのが自分と同じ学科の同級生だというだけで土下座したいほど申し訳ない気分になる。それと同時に、ある種の憧憬を川久保に抱く。

「いりません」なんて自分だったら絶対に言えない。年長者から飲み物を勧められたら、たとえ飲みたくなくても、用事があっても、イエスと言ってしまう。よんどころない事情で断らねばならないときには、申し訳なくて冷や汗だらだらになってしまうに違いない。

それなのに川久保は悪びれた様子もなく「いりません」と言いきった。睦月も一度でもいいからあんなふうに断言してみたい。絶対無理なのはわかりきっているけれど。

「むっちゃん、お砂糖は？」

御子柴は、川久保に素気無くあしらわれて行き場を失くしたシュガーポットを、睦月の方へとかざしてみせる。

「あ、えっと、じゃ、少し」

「ＯＫ。ミルクも入れていい？」

「お願いします」

御子柴はカップに砂糖をひとすくい入れ、お約束のように小指を立ててくるくる掻き回し、ポーションミルクをたらして勧めてくれた。

とにかくこれだけご馳走になって帰ろうと、気もそぞろにカップを口に運ぶ。一口飲んで驚いた。

「……おいしい」

「あら、ありがとう。さっきのイケメンくんと違って、むっちゃんは立派にお世辞が言えるのね」

「お世辞なんかじゃなくて、あの、インスタントでこんなおいしいコーヒーって初めてです」

御子柴は頬を紅潮させて鼻の穴をふくらませ、周囲を見回した。

「ちょっとみんな、聞いた？　違いのわかる男よ、この子！」

「よかったな、ミコちゃん」

土井が笑いながら懐かしのインスタントコーヒーのCMソングを鼻歌で奏でる。それをBGMに御子柴が身振り手振りで解説してくれた。

「コーヒーと砂糖と粉末ミルクを一度に入れてお湯を注ぐ人がいるけど、あれは絶対ダメ。必ずコーヒー粉末だけ入れて、沸騰して一拍おいたお湯を注ぐの。熱すぎると苦みが出るし、ぬるいと酸味が出ちゃうから、温度はとても大切よ」

「そうなんですね。知りませんでした」

「まあ普通知らないよな。インスタントコーヒーなんて飲めりゃいいって感じだし」

茶化す小川を、御子柴は「め」と睨みつけた。

「スイーツ研究会の部員たるものが、そんなふうに味覚に鈍感でどうするのよ。人間が一生に飲食できる回数は限られてるのよ。常に五感を研ぎ澄まして味わわなきゃダメよ」

「おー、さすがスイーツ研究会の肝っ玉母さん」

ぱちぱちと手を叩く大泉も、御子柴に「きっ」と睨まれる。

「お母さんはやめて。看板娘って言ってよねっ！」

コーヒーはおいしいが、目の前で繰り広げられるこの安っぽい昭和のコントのような光景は現実だろうか。

もしかして、もしかしなくても、自分はこのサークルに入会してしまったのだろうか。

始まったばかりの学生生活が俄(にわ)かに不安になる睦月だった。

2

一週間後、睦月は一人でスイーツ研究会の部室へと向かっていた。あの翌日、陽菜には『え、入会したの？　信じらんなーい』と驚き呆れられた。そもそも陽菜に誘われなければこんなことにはならなかったわけだが、そこで陽菜を恨むのが筋違いということは十二分にわかっている。睦月にはまず最初に陽菜の誘いを断る権利があったし、その後も御子柴にノーと言う権利があったのだ。その権利を行使しなかった、正確にはできない性格だった睦月が悪いのだから、粛々と現状を受け入れるのが正しい。睦月にとってはお決まりのなりゆきである。

今日は新歓コンパをやるというＬＩＮＥが来て、もちろん歓迎していただく側として断れるはずもなく、おどおどと部室のドアを開けた。

室内には前回と同じメンバーが顔を揃えていた。関取おネエの御子柴、小柄メタボの小川、天パメタボの大泉、メガネメタボの土井、イケメンでメタボではない川久保。

……え、川久保？

自分で数え上げておきながら、自分でツッコミを入れる。

同じ学科とはいえ、高校時代のようにホームルームがあるわけではないので、川久保とは一度も会話する機会なく一週間が過ぎていた。まさか再びここで会うとは思ってもいなかった。

「あら、いらっしゃい♡」

御子柴にナチュラルに抱き寄せられ、その胸の弾力に思わずドキドキしてしまう。コロンなのか柔軟剤なのか、ふわっとほのかに甘くていい匂いもする。

「全員揃ったし、行くか」

土井が立ち上がってみんなを促す。

「あの、部員ってこれで全員なんですか？」

睦月はおずおずと土井に訊ねてみた。

「名簿上はもっといるんだけど、常連はだいたいこの面子かな」

土井を先頭に上級生たちが談笑しながらあとに続き、睦月は必然的に川久保と並んで歩くはめになる。

無言の川久保と肩を並べると、緊張でそわそわしてくる。性格的に自分から話しかけるのは苦手だが、沈黙はさらに苦手だ。この気まずい空気は自分に原因があるのではないかと不安になってしまう。

「まさか川久保くんがいるとは思わなかったよ」

意を決して、しかし極力さりげなさを装って話しかけてみたが、緊張でうまく口が回らず

「きゃわくぼきゅん」になってしまい、手のひらにどっと汗が噴き出す。

「そうか」

返って来たのはそっけない短い返事だった。睦月はいよいよテンパってしまう。何か気に障ることを言っただろうか？　いや、俺の存在そのものが目ざわり？　いやいや、それ以前に、川久保はこのサークルに入ることが不本意なのかもしれない。どう見たってスイーツ好きっていう顔じゃない。そういう事情なら、案外気が合うかも。

テンパりすぎてマイナス思考が行きすぎ、逆にポジティブな希望を持ってみたりする。

「あの、川久保くんもなりゆきで入会しちゃったくち？」

「え？」

「土井さんと知り合いみたいだから、強引に勧誘されたのかな、と」

「なにそれ。そんな理由でサークル決めるやついるか？」

「あ、いや……」

ここにいます。

「スイーツが好きだから入ったに決まってるだろう」

バカか？　と言わんばかりにバッサリ言いきられて、睦月はひぃぃと竦みあがる。

それきり会話は途切れた。

冷や汗がダラダラと背筋を伝う。

とんだ考えすぎだった。川久保はやはり見た目通りの白黒はっきりした性格だった。睦月とは正反対のタイプだ。

苦手なタイプだと意識すると、どうしていいのかわからなくなる。この気まずさを払拭するためにほかの話題を振った方がいいのか、それとももう黙っていた方がいいのか。

おろおろしているうちに一団は正門前を抜け、駅前のパティスリーに到着していた。雑誌にもよく取り上げられる店だとかで、大学の帰りに姉に頼まれてケーキを買って帰ったことがあるが、睦月自身は食べたことがない。

男六人で入るにはいささか抵抗のある店構えだが、先輩たちは慣れた足取りで奥のイートインスペースへと入って行く。

「どうしたの、むっちゃん。浮かない顔して」

向かいに座った御子柴が顔を覗きこんできた。

「あ、いえ」

「もしかして歓迎会なら豪勢にホテルのケーキバイキングが良かったのに、とか思ってる?」

とんでもない！　睦月は慌ててかぶりを振った。バイキングなんて睦月にはホラーでしかない。食べ物を過剰に摂取することは、空腹よりもずっとつらい。ちなみに寒さより暑さが耐えられないタイプだ。

睦月の脳内の呟きなど知る由もない御子柴は、顔の前でチチチと魚肉ソーセージのような人差し指を振った。

「バイキングなんて素人が行くものよ。余興としてたまには楽しいけど、本当においしいものはああいうところにはないの。心配しないで。今日は新歓コンパなんだから、むっちゃんはバイキング並みに好きなだけ食べていいのよ」

「いえ、あの、一個で十分です！」

「見かけどおりの謙虚なコね。いいのよ、遠慮しないで」

遠慮なんかしてません！　甘いものがさほど好きではないだけです！　と正直に言ってしまうべきだろうか。今ならまだ引き返せる。なりゆきで入会届を出してしまったけれど、本当はスイーツファンではないのだと正直に打ち明ければ、まだ失礼が少なくて済む。

「あの……」

「ちなみに、ここのイチオシは和栗のモンブランだよ」

土井がにこにこと声をかけてきた。睦月の煮え切らなさを、目移りしてケーキを選べずにいるのかと慮ってくれたらしい。

「通年メニューとはいっても、和栗は季節外れだろ。この時期なら断然苺ショートだよ。定番だけどここのはめちゃくちゃおいしいから、是非むっちゃんに食べて欲しいな」

小川がにこにこ勧めてくれる。

「いやいや、イチオシはやっぱエクレアでしょう。女優の北見エリちゃんも一度に五個食べたってブログで絶賛してたし。むっちゃんはこういうシンプルなやつが好きそうな顔してるよ」

大泉の発言に、御子柴がフンと鼻を鳴らした。

「あんなの絶対ウソよ。五個食べてあの体型保てるわけないじゃない。なんかムカつくのよね、スレンダー女優の大食いアピって」

「出たよ、ミコちゃんのかわいい子ディス」

「うるさいわね。あ、オーダーお願いします」

まだ睦月は何を頼むか決めていないのに、御子柴が通りかかった店員を呼びとめてしまった。

先輩たちは順に複数のケーキを注文していく。川久保もポーカーフェイスのままプリンシューと苺のミルフィーユを注文した。えっ、その顔でプリンシューを食うのか？　と驚愕しているうちに、睦月の順番が回ってきてしまった。

どうしよう。ノーと言えない睦月的には、オススメの中から一つを選んだらほかの先輩のオススメにノーと言っているようで申し訳ない気がしてしまう。

あわあわする睦月を見て、御子柴が噴き出した。

「どれもおいしそうで選べないのね。かわいいんだから。じゃ、このコには和栗のモンブランと苺ショートとエクレアね」

ウソ！　ダメ、絶対！　と顔面蒼白になりつつも、ノーと言えずにあわあわし続けるしかなかった。

間もなくケーキとコーヒーが運ばれてきて、テーブルの上は所狭しと華やかなスイーツに彩られる。

土井がコーヒーカップを持ちあげると、全員がそれに倣った。

「えー、今期は我がサークル始まって以来のイケメンを二名も迎えることができて、大変喜ばしく思います。ようこそ、スイーツ研究会へ！」

土井の乾杯の音頭に、みんな軽くカップをかざしてコーヒーを一口飲み、目を輝かせてケーキフォークに手をのばす。

「やっぱここの苺ショートは神だよな」

「コクがあるのにあっさりしたこのクリームがいいよなぁ」

「俺、ホールでイケるかも」

「アタシは『かも』じゃなくて実際イッたことがあるわ」

先輩たちが楽しげにケーキを味わう傍らで、睦月は三つのケーキをちびちびと味見する。

隣では川久保がプリンシューをフォークでざっくりと割り、半分ほどを一気に口に運んでいる。そんなワイルドな食べ方をしても品が悪く見えないのは、やっぱりイケメンだからだろうか。

うまそうに食べるなぁと思わず見惚れていたら、ふと目が合ってしまった。

「なに？」

ガン見の理由を不機嫌そうに問われて焦る。

「いや、あの、おいしそうだなぁって思って」

「食べたいならやるよ」

違う！　そういう意味じゃないから！

と言おうとしたときにはもう遅かった。川久保はプリンシューの残り半分をアルミケースごと持ち上げて睦月の皿に移動させた。

ありえない。三個だって無理なのに、このうえプリンシューを半分。しかしノーと言えない睦月には、人がくれたものを「いらない」と言って返す勇気などない。

「あ、あの……ありがとう」

そうだ、お返しに三つのうち一つを川久保に食べてもらえばいいんだ！　と一瞬ひらめいたが、そうしたらそれを勧めてくれた先輩に失礼な気がするし、自分が手をつけてしまったものを人に勧めるなんて失礼じゃないかと、また悩む。

さすがの睦月も、だんだん自分の面倒くさい性格にうんざりしてくる。

自分で播いた種は、自ら刈り取るほかはない。睦月はコンプリートの決意を固めた。

ケーキはそれぞれとてもおいしい。だが、今は全部食べきらなければという緊張とプレッシャーで、ゆっくり味わう余裕がなかった。残したら先輩たちに失礼だし、手間ひまかけて作っているお店の人に申し訳ないから、必死の思いで口に運んだ。しかしそもそも、こんな拷悶のような思いで食べていること自体、ケーキに対する冒瀆ではないかと考えると、申し訳なさで涙が出そうになる。どうしてノーと言えないのだろう。どうして自分はこんなにウジウジとダメな人間なのだろう。

先輩たちがスイーツ談義で盛り上がってくれているのをいいことに、ゆっくりと時間をかけ、なんとかすべてを胃に収めたときには、車酔いしたような気持ち悪さでふらふらした。

「じゃ、次はむっちゃんの仕切りで頼むな」

不意に土井に振られて、睦月ははっと我に返った。ケーキを平らげることに必死になるあまり、会話はほとんど耳に入っていなかった。

「仕切り？」

「むっちゃんたらケーキに夢中で聞いてなかったのね」

ツンと御子柴に指で頬をつつかれる。

「次のイートイン企画はむっちゃんにお店を選んでもらおうって話になったのよ。ピチピチの新入生の好みが知りたいし♡」

え、どうしよう!? スイーツの店なんて全然知らないのに。

しかし例によってノーと言えない。結局来週の食べ歩きをいきなり睦月が企画することになってしまった。

姉や妹の話によると、女子はカフェで三時間くらい喋ったりすることもあるらしいが、そこ

はさすがに男ばかりの集団で、雑談を切りあげるのも早い。

じゃ、またな、とあっさり店の前で解散する。先輩たちを笑顔で見送り、その姿が見えなくなったとたん、睦月は胸やけする上腹部をさすりながら歩道にへたりこんだ。

「具合でも悪いのか？」

頭上からいきなり声をかけられて、「わっ」と尻もちをついてしまう。見上げると川久保が無表情に見下ろしていた。気持ち悪さで意識が散漫になっていたのと、川久保があまりにも寡黙なため、まだその場に残っていたことに気付いていなかった。

「あ、いや、大丈夫……っうえ……」

立ち上がろうとしたら吐きそうになり、再びへたり込む。

うわっ、どうしよう、こんな往来の真ん中で。自分の状況に思わずパニクりそうになる。ここで大仰に心配されたり騒がれたりしたら更なるパニックに陥ってしまうところだが、川久保は落ち着き払っている。

「おまえ、ほっそいのに食いすぎだろ。てっきりプリンシューの代わりにどれか一個くれるのかと思ったのに」

えーっ⁉　と脳内で絶叫する。食べかけを勧めてもＯＫだったのか？　ていうか勧めもしないで全部一人で食べた俺はどんだけ意地汚いやつに見えただろうと、恥ずかしさで頬が熱くなる。

川久保はメッセンジャーバッグから書店のレジ袋を取り出した。中身の文庫本をバッグに移すと、空になった袋を差し出してくる。

「ほら」

「え？」

「吐けよ」

ざっくりした気遣いに思わず固まってしまう。この人通りの中、大胆すぎる提案だ。

「大丈夫、ちょっと待てば落ちつくと思うし、もったいないし」

「もったいない？」

睦月の返答に今度は川久保が固まった。

「うん。せっかく先輩たちが勧めてくれてご馳走してくれたケーキで、お店の人が精魂こめて作ったのに、吐くとかもったいないから」

川久保は数秒睦月を見つめたあと、ふっと噴き出した。ポーカーフェイスだといかめしい感じがするが、笑うと急に空気が華やぎ、改めてイケメンだなぁと思う。

「おかしすぎるだろう、小嶋」

睦月の頬は更に熱くなる。がめつくケーキを食べつくしたうえ、もったいないから吐かないとか、どんなキャラなんだよ、俺。

笑われておろおろしているうちにパニックは治まり、胃の不快感も少し落ち着いてくる。

ふいと川久保に二の腕をつかまれた。

「ゆっくり立てる？　俺の部屋、すぐ近くだから休んでいけよ」

「え？」

思いがけない誘いに再び固まる。そんな睦月の様子に、川久保はイラッとした顔になった。

「なんだよ。嫌なの？」

ノーという言葉は睦月の辞書にはないので、「あ、ありがとう」とどもりども立ち上がる。

まさか川久保の部屋に誘われるとは思わなかったので、その親切に感激しつつ、性格が真逆の川久保と何を話したらいいのかわからなくてびくびくしてしまう。

近いと言うとおり、川久保が一人暮らしをする部屋は、体調の優れない睦月ののろのろ歩きでも十分とかからない場所にあった。学生向けのまだ新しいアパートの外階段を上り、促されるまま川久保の部屋にお邪魔する。実家暮らしの睦月には、ワンルームのハイベッドタイプの間取りが物珍しい。ベッドの下がウォークインクロゼットという機能的な作りで、秘密基地めいてわくわくする。

「薬もってきてやるから、休んでろ。何ならベッドで横になってて」

親切な提案に感謝しつつ、ベッドにあがらせてもらうのは気が引けて、フローリングの上でちんまりと膝を抱える。

川久保は胃腸薬の箱と水を持って来てくれた。

「普通の胃腸薬で平気かな。ノロとかそういう系じゃないよな?」

「ぜんっぜん平気! 苦手なものを食べすぎちゃっただけで、ちょっと休めばすぐ良くなるから」

色々気を回してくれる川久保を安心させようと勢い込んで断言すると、川久保の眉間(みけん)にしわが寄った。

「……苦手? ケーキが? それでなんでスイ研に入ったんだよ」

失言に気付いてうろたえる。

「いや、あの、一口はおいしいって思うんだけど、たくさんは食べれないっていうだけで……」

慌てて言い繕(つくろ)うも、川久保の眉間のしわは更に深くなる。

「その程度のレベルで入るサークルか? だいたい苦手なものをなんで三個半も食うんだよ」

たたみかけるように問われ、たじたじとなってしまう。へらっと笑ってかわそうと思ったが、川久保の目力はそういういい加減さを許さない迫力がある。うまい説明も見つからず、仕方なく睦月はありのままを話した。

「最初はクラスの女の子にサークル見学の付き添い頼まれただけなんだけど、彼女の方は男ばっかりのサークルで腰が引けちゃったみたいで、なりゆきで俺だけ入会することになったんだ。ケーキの件は、断ったら勧めてくれた先輩に申し訳ないと思って」

川久保は完全に呆れ返っている。

「ありえない理由だな。つまり何ごとも断れない性格ってわけか」

「ごめん」

「俺に謝る意味がわかんねえし」

川久保はばっさりと言い捨てた。川久保からしたら、睦月のようなうだうだしたタイプはもっとも嫌いだろう。

そう思ったら、また動揺がぶり返してくる。ちゃっかりあがりこんでいる場合ではない。いそいそと立ち上がる。

「あの、薬、ありがとう。もう大丈夫なので……」

「はぁ？　そんな顔色で何言ってるんだよ。休んでいけって言ってるだろう」

「は、はい」

思わず座り直すと、川久保はまたふっと噴き出した。

「マジでノーって言えないのな」

「ご、ごめん」

「しかもなんでも『ごめん』なんだな」

「ごめ……あ」

どうやら呆れを通り越して、面白がられているらしい。川久保は声をたてて笑った。

勧められるまま、しばらく川久保の部屋で休ませてもらった。川久保はまったく他人に気を使うタイプではないらしく、ごろりとして本を読み始めたので、睦月もリラックスして川久保がつけてくれたテレビを眺(なが)めていた。

一時間ほどすると、胃もすっかり落ち着いてきた。

「助かった。ありがとう」

お礼を言って立ち上がると、川久保は「おう」と上半身だけ起こして答えた。

川久保の部屋を出て駅へと戻りながら、ワンダーランドに迷い込んだあとのような不思議な感じがした。白黒はっきりしていて自分とは絶対に仲良くしてくれないタイプかと思っていたけれど、案外そうでもないのかな。

なんだかちょっとふわふわと幸せな気持ちになった。

3

「むっちゃん、見直したわ♡」

御子柴にばしっと肩を叩かれて、睦月はその痛みに顔をしかめつつ、それって今まで見損なってたってこと？　と苦笑いする。それでも褒めてもらうのは嬉しいことだ。

「ありがとうございます」

「こんなしゃれた店、よく見つけたね」

土井も感心してくれる。

睦月主催の食べ歩きの会は、住宅街の隠れ家レストランで開催された。スイーツに無知な睦月は、先輩方の舌を唸らせるような店など知らない。最初は雑誌のスイーツ特集をチェックして人気のありそうな店を選べばいいかと思ったが、スイーツ通の先輩方はそういう店はすべて制覇しているかもしれない。それでもきっと気のいい先輩たちは笑って喜んでくれるだろう。

しかしノーと言えないかわりに一度引き受けたことは責任を持って遂行するたちの睦月は、先輩たちに喜んでもらえる店を一生懸命探した。最終的に選んだこの店は、姉からの情報を頼りに探し出した。

外観は完全に普通の一戸建て住宅で、フランス在住経験のある五十代の女性が、一日一組の完全予約制で、リビングでフランスの田舎料理を振る舞う。そのデザートがとてもおいしいと評判だと聞いて、デザートだけを数種類食べさせてもらえないかとダメ元で交渉してみた。

大学の男ばかりのスイーツ研究会だと話すと、意外にも女性は面白がって快諾してくれた。

オーナーが腕をふるってくれたスイーツは、パティスリーに並んでいる生クリームやフルーツで彩られたケーキとは随分様相が違っていた。焼き菓子が多く、全体的に地味な印象を受ける。

しかしどれもとてもおいしかった。香辛料のきいたトルテやパン・デピス、カスタードとバタークリームを合わせたフィリングをブリオッシュ生地でサンドしたふわふわのガレットなど、どれもリッチでボリュームがあるのに、もう一口食べたくなる。更にクレープにハムを巻いてグラタンにしたものや、中身の入っていない一口サイズの塩味シューなど、甘くない品も用意され、食べ飽きない。

「この路線は盲点だったな」

「どれもめちゃくちゃおいしいね」

大泉と小川も盛んに感心してくれて、睦月もほっと胸を撫で下ろす。

食べ飽きないとはいっても、睦月の胃袋サイズは普通よりも小さめで、じきにいっぱいになってしまう。

取り皿に取った最後のシューを口にしてごちそうさまを唱えようとしたとき、御子柴がパン・ドゥ・ジェーヌを睦月の皿に取り分けてくれた。

「こんな素敵なお店を見つけてくれたむっちゃんに、一番大きいところをあげるわね」

「い、いえ、あの、」

これ以上はもう無理だが、こんなにおいしいものを残すなんてできない。しかも学生たちの食べっぷりをにこにこ嬉しそうにオーナーが見守っている。

ここはやはり死ぬ気で食べるべきだろうか。

前回とまるで同じジレンマに陥っていると、横から川久保の手が伸びてきて、睦月の皿から焼き菓子をさらっていった。

「まあ、川久保ったらお行儀の悪いコね」

窘め顔の御子柴に、川久保は平然と返した。

「さちこはバナナが半分しか食べられないんです。無理強いしないでください」

「は？　さちこ？　何の話よ」

「小嶋の胃の容量は、小学校低学年の女子くらいしかないいんです。もういっぱいですよ」

「そんなことないでしょ。この前だって、ケーキ三個半ぺろりと食べてたじゃないの。ね、むっちゃん」

思わぬ助け船に呆然としていた睦月は、御子柴に急に振られてあわあわする。

「あの、」

「相当無理したみたいですよ。あのあと具合悪くして大変だったんです」

返答に困る睦月の代わりに川久保があっさり事実を暴露してしまった。無理したことも、そのあと具合が悪くなったことも、できれば先輩たちには知られたくなかったから更にうろたえてしまう。

「まあ。本当なの？」

「いえ、そんな……」

そんなことはないと取り繕おうとして、ふと考え直す。こういう嘘は積み重ねるほど身動きが取れなくなるのだ。川久保が暴露してくれたこの機会に、思い切って白状してしまった方がいいのかもしれない。いや、してしまうべきだ。

睦月は意を決して口を開いた。

「……すみません。せっかく勧めていただいたので無理して食べちゃったんですけど、三個半はちょっと多かったみたいです」

「三個半でいっぱい!?」

御子柴は驚愕の表情で両頬に手をあてた。

「かわいそうなさっちゃん！　スイーツ好きなのに、ケーキ三個半しか食べられないなん

て っ！」

三個半食べれば充分だろうというツッコミとともに、スイーツ好きという誤解に関しても罪悪感を覚える。本当は大して好きでもなかったのに、なりゆきで入会したなんて、失礼な話だ。この際、そのことも白状して抜けさせてもらった方がいいのではないだろうか。

「実は……」

言いかけたとき、オーナーが割って入ってきた。

「胃が小さいなんて羨ましいわ。私は底なしだから、こんなになっちゃったのよ」

エプロンドレスに包まれた豊満な身体を揺すって笑う。

「マダムはとても魅力的です。そのセクシーなダイナマイト☆ボディから、このおいしいお菓子が生まれるんですね」

御子柴が真顔で言うと、先輩たちはみんな頷き、口々にお菓子のおいしさを褒めそやした。

オーナーはとても嬉しそうに笑った。

「まあ、嬉しいわ。ありがとうございます。皆さんも紳士的でとても魅力的な学生さんたちね」

「いえいえ、俺たちはただのモテないデブです。あ、そっちの二人を除いてね」

大泉の自虐に、先輩たちがわははと笑う。それを見て、オーナーは目を丸くした。

「なに言ってるの。みなさんとても素敵よ。清潔感があってお行儀が良くて、うちの娘のお婿さんになって欲しい方たちばかりだわ」

それは睦月も初対面のときから思っていた。四人とも、特別におしゃれというわけではないが、髪型も服装もいつも非常に清潔感溢れ、近くに行くとふわっといい匂いがしたりする。

土井がマダムに微笑み返した。

「ありがとうございます。そこは僕らも気をつけているんです。サークルの活動で女性が多く集まる店に足を踏み入れることも多いので、清潔感だけは意識しようって。ただでさえデブは汗くさいとか思われがちですから」

そんなことを考えていたのかと、睦月は密かに感銘を受ける。睦月自身は実家暮らしなので人並みに清潔な生活は送れているが、人の目を意識して身ぎれいでいようなどと考えたことはなかった。

おいしく楽しい時間を過ごし、笑顔のオーナーに見送られて店をあとにした。前を歩く御子柴に、睦月はおそるおそる問いかけた。

「あの、さちこな僕が、このサークルに在籍させていただいていても大丈夫ですか?」

流されて入ってしまったのだから、当初はむしろ何かのきっかけで辞められたらラッキーくらいに思っていた。けれど、今は少し気持ちが変わっていた。

御子柴は目をぱちぱちさせてから、豪快に笑った。

「やだー、なに言ってるのよ、むっちゃんたら。胃の大きさなんて関係ないでしょ。それに、せっかく入ってきたかわいい新入部員を、アタシがそう簡単に手放すと思う?」

唇を突きだして襲いかかる真似をされ、睦月は咄嗟に川久保の背中に隠れた。

「やーね。冗談よ」

御子柴は笑いながら土井との会話に戻っていく。

ふと、間近に川久保と目が合った。自分の手が川久保のシャツをぎゅうぎゅうつかんでいたことに気付いて、慌ててその手を離す。

「あ、ごめん」

「また『ごめん』かよ」

「ごめ……じゃなくてありがとう」

慌てて言い直すと、怪訝そうに「なにが？」と問い返された。

「お菓子を食べるのを手伝ってくれて」

川久保はそんなことで感謝される意味がわからないという顔だった。

「ホントは食が細いってこと言えなくて心苦しかったんだけど、川久保のおかげでカミングアウトできて、胸のつかえがとれたよ」

「その程度のことでカミングアウトとか気負う意味がわかんねーけど、すっきりしたならまあよかったな」

なんでもはっきり言える川久保には理解不能な呆れた心理だろう。川久保のみならず、大概の人には理解できない小心ぶりかもしれない。だが睦月には大きなことで、川久保に対して大いに恩義を感じた。

「しかしいい店だったな。パン・ドゥ・ジェーヌもすごくいい発酵バターを使ってるし」

「すごい。川久保ってそんなことまでわかるの？」

「……普通わかるだろう」

川久保はなぜか一瞬口ごもったように見えたが、すぐにいつもの無表情に戻った。

「それにしても、スイーツ通ってわけでもないのに、よくあんな店を見つけたな」

「最初は雑誌とかネットで調べて、百軒くらい候補を挙げてみたんだけど、なかなかここっていう店がなくて。あの店は姉に聞いて、色々調べたらなんだかよさそうだったから」

川久保はあっけにとられたような顔で睦月を見た。

「百軒も調べたのか？」

要領の悪さを呆れられているのだと感じ、恥ずかしさで頬が熱くなる。

「自分で店を選ぶからには、先輩たちに喜んで欲しくて。でも、本当においしかったよね。オーナーも素敵な人だったし、よかったよ」

喋っているうちに、最寄り駅の前に出る。前方でなにやら話し合っていた先輩たちが、意味ありげな視線で川久保の方を振り向いた。

一同代表という感じで、土井がメガネを指で直しながら言う。

「次回のイートイン企画の仕切りは、川久保にお願いしてもいいかな」

川久保は表情を変えることもなく頷いてみせた。

「別にいいですよ」

「よかった。実は一応行きたい店はもう決まってて、川久保は単純にアポを取ってくれるだけでいいんだ」

だけ、と強調する先輩たちのにこにこ顔がどうも不自然で、裏に何かあるのではと睦月でさえ勘繰ってしまう。

「……どういうことですか？」

「レストランに併設された若い女性オーナーの焼き菓子店なんだけど、イートインスペースがすごく狭くて、いつ行っても満席なんだよ。しかもさっきの店と同じように立地が住宅街だから、行列禁止で、原則予約も不可で、しかもそのオーナーがめちゃくちゃ頑固で、気に入らない客には退席を命じるんだって」

ラーメン屋の頑固親父の話はよく聞くが、頑固職人の菓子店というのは珍しい気がする。

川久保は不機嫌そうに眉根を寄せた。

「聞くだけでうんざりする店ですね」

「そうでしょ。ネットの評判も、味以外はボロクソなのよ」

「そんな店、やめておいたらどうですか」

「でもね、そこの焼き立てマフィンが絶品らしいのよ。むっちゃんだって食べてみたいでしょ？」

御子柴が身をくねらせて睦月に話を振って来る。

「え……っと、じゃ、テイクアウトして部室で食べるっていうのはどうですか」

「それがね、マフィンはイートイン・オンリーなのよぉ」

川久保の眉間のしわが更に深くなる。

「そんな偏屈オーナーの店に、なんで俺がアポ取りを試みなきゃなんないんですか」

「そ・れ・が・ね♡　アタシの友達の従妹の勤め先の先輩の彼氏のお姉さんから聞いたんだけどぉ」

御子柴が目を輝かせて語りだす。

「某イケメン俳優がお忍びで訪ねたときには、店を貸し切りにしてくれたって噂なの。つ・ま・り、オーナーはイケメンに弱いってわけ♡」

又聞きのさらに又聞きの噂話にどれほどの信憑性があるのか疑わしい気もするが。

傍らの川久保が「軽薄な女だな」とぼそっと毒づくのが聞こえた。

「だからね、川久保が直接お店に出向いてアポとってくれたら、ばっちりだと思うの。アンタって先輩を先輩とも思わないひどい性格だけど、顔だけは無駄にいいから」

「……なんていう店ですか？」

「『ひいらぎ』っていうの。あ、連絡先はね、」

「お断りします」

御子柴がスマホを取り出すより早く、川久保は縄文杉をも一太刀で切り倒すようなきっぱり加減で言った。

先輩たちの言い分は睦月も無茶だと思ったが、川久保のきっぱり加減にはさすがにビビる。

「じゃ、俺はこれで」

川久保は踵を返してさっさと一人で改札を抜けて行ってしまった。

「ちょっとぉ、あのコ、どこまで生意気なの？　顔がいいからって調子に乗り過ぎよっ！」

「まあまあ、俺らのお願いも無理があるしな」

土井が御子柴を諫める。

睦月はまたもおののきと感嘆の渦に飲み込まれる。どうしてあんなにはっきり「ノー」と言えるのだろう。

「こうなったら、むっちゃんに頼むしかないわね」

いきなり振られてぎょっとする。

「え？　俺ですか？」

「そうよ。うちのサークルで川久保の次にイケてるのはむっちゃんだし」

いやいや、そんな順位付けはありえないだろう。ほかのメンバーに比べれば体型が細めだというだけで、川久保と睦月の間にはものすごい開きがある。

「大丈夫、アタシも一緒に行くから！」

「いやいやミコちゃん、それはちょっと逆効果だから」

土井が苦笑いで御子柴を諫める。

「まあさ、誰が頼んでも無理だとは思うんだけど、むっちゃんはおどおどしてるように見えて、さっきみたいに素敵な店のアポ取る才覚があるし、俺もちょっとむっちゃんの可能性にかけてみたいな」

勝手にかけられても困るんです！

「うん、俺もむっちゃんにかける」

「あそこの焼き立てマフィン、神！　って感じらしいんだ。頼むよむっちゃん」

小川と大泉にも拝み倒される。

絶対無理だとわかっているが、ノーと言えないのもまた事実。

「……あの、百パーセント無理だと思いますけど、トライするだけしてみます」

「きゃー、ありがとう♡」

御子柴に抱きつかれて、その腕力の強さにぐえーっと息が詰まる。

睦月の人生は、笑ってしまうくらい毎回もれなくこのパターンなのだ。そして今回も、断った川久保が悪いわけでも、先輩方が悪いわけでもなく、ノーと言えなかった自分が悪いのはちゃんと自覚している。引き受けたからには、トライするのだ。

4

噂に聞いていた焼き菓子店『ひいらぎ』は、都下のさらに郊外の、閑静な住宅街の奥まった一角という立地にもかかわらず混雑していた。スイーツ店の常で女性客が大半だが、テイクアウトの列には男性の姿もちらほらとあった。

『イケメンアピールのためには、電話じゃなくて直接出向いて』という先輩たちのアドバイスに従い、店までやってきたが、アポが取れるようなイケメンでないことは重々自覚している。

木のぬくもりを大切にして、アンティーク家具を配した店内は、そこにいるだけで和むような心地好い空間だった。木枠のショーケースもアンティークらしい。ケースに添って並ぶ注文の列に加わって、睦月も買う菓子の目星をつける。こんなににぎわっている店で、アポのためだけに店員に声をかけるのは気が引ける。買い物をして、レジで応対してもらっている間に手短に当たって砕けることにした。

三人の女性店員がくるくると立ち働く中で、睦月の番に当たったのは、コックコートにひとりだけ色の違うスカーフを巻いたとてもきれいな女性店員だった。

わずかでも話す時間を確保しようと、どれもおいしそうな焼き菓子を多めに注文する。袋詰めしてくれている間に、睦月は思い切って話を切り出した。

「あの、こちらのイートインって予約は可能ですか？」

店員は顔をあげ、睦月と目を合わせて、恐縮したように微笑んだ。

「申し訳ありません、予約はお受けできないんです」

「あ、ですよね。すみません」

一往復半の会話であっさり玉砕する。仰せつかってきたからには、もう少し粘ってみるべきかもしれないが、店内の活気を見るだけでも、人気のほどは伺える。そこで特別待遇をねじ込むような厚かましい真似ができるはずもない。

家から片道一時間半かけてやってきて、ちゃんとお願いして、断られた。子供のおつかいより役に立たない状況だが、とにもかくにもトライはした。

睦月が会計を済ませたところに、奥から噂の焼き立てマフィンをのせたトレーが登場した。元々店内にはおいしそうな匂いが満ちていたが、マフィンはことさらいい匂いを漂わせて、イートインスペースへと運ばれていった。食の細い睦月でさえ、食べてみたい欲求にかられる、なんともいえず食欲をそそる匂いだった。

先輩たちの気持ちもわかる気がするなと思いながら、また一時間半かけて帰途に着く。

明日、結果を説明しがてら部室に差し入れに行こうと、焼き菓子の袋を覗きこんだ睦月は、小分けにされた菓子のいくつかに『本日中にお召し上がりください』と書かれた白いテープが貼られていることに気付いた。確認せぬまま日持ちのしないものも買ってしまったらしい。

家でふるまおうにも、今日は睦月の家族は皆出払っている。

ふと脳裏(のうり)をよぎったのは、川久保(かわくぼ)の顔だった。スイーツ好きらしいし、家も知っている。日曜の午後に在宅しているかどうかは不明だが、留守ならメモを残してノブにでもかけてくればいい。

大学の最寄り駅で降り、川久保の家へと向かう。

なんとなくドキドキしながらインターホンを押した。十秒待って反応がなかったら帰ろうかななどと考えている目の間でドアが開いた。

川久保が驚いたような顔で睦月を見る。

「どうした」

「あの、今『ひいらぎ』に行って焼き菓子を買ったんだけど、川久保、食べないかなと思って」

川久保は睦月の顔と紙袋を交互に見て、今度は呆(あき)れたような表情になる。

「例のイートイン予約の件、俺の代わりに押し付けられたのか?」

「まあ、なんていうか、そんな感じ。案の定(じょう)ダメだったんだけど」

自分の不甲斐(ふがい)なさをへへへと笑ってごまかす。

「あ、忙しかったらお菓子だけ置いて行くから」

「別に忙しくねえよ。ちょうどバイトから帰ってきたところだし。あがれ」

促され、靴を脱ぐ。

「意外だな」

電気ポットに水をいれながら、川久保がぼそっと言った。

「え？」

「連絡なしでいきなり遊びにくるようなキャラには見えなかったから」

そう言われて、自分の行動が妙にずうずうしいことに気付く。元々睦月は自分からこんなふうに積極的に友人を訪ねるタイプではないし、そもそも川久保とは週に一度サークルで会うだけで、同じ講義に出ても短い挨拶を交わす程度で別々の席に座るような間柄だ。友達と呼んでいいのかさえ疑問だった。

「ご、ごめん」

俄かに自分の厚かましさが恥ずかしくなってうろたえてしまう。

「なんでごめんなんだよ。いい意味で意外だって言ってるんだけど」

「え、ホント？　ありがとう」

「おまえって『ごめん』と『ありがとう』ばっかりだな」

「ごめ……」

言われたそばから同じ単語がこぼれそうになり、慌てて両手で口を塞ぐ。そんな睦月の間抜けな仕草を見て、川久保はふっと笑った。

わー、絶対バカだと思われてる。休日にいきなり訪ねてきてあがりこむとか、どうかしている。なぜナチュラルにここに足を向けてしまったのだろう。

川久保はコーヒーのマグカップを床に直置きして、紙袋を覗きこんだ。

「さちこのくせに、また随分買ったな」

「明日部室に差し入れしようと思って。でも、賞味期限が本日中のものがいくつかあるから、川久保なら家も知ってるし、一緒に食べてくれるかなって」

おずおず言う睦月を、川久保は珍しい生き物でも眺めるような目でしばしじっと見た。

これ以上見つめられたら変な気分になる、と思う頃にふいと視線は逸らされ、川久保は紙袋からテープが貼られたものだけを六つ取り出して並べた。

「小嶋はどれ食べる？」

「あ……ええと」

自分で買っておきながら、どれがどうなのかよくわからない。ぐるぐる目移りしつつ、即断できない自分に焦る。ハッキリ者の川久保は、絶対こういう優柔不断さにイラつくタイプだ。

もうなんでもいいから「これ」と選ばなくては。

一人で焦りまくる睦月に、川久保が苺ジャムとカスタードのタルトを無造作につまんで手渡してきた。

「特にどれっていうのがないなら、これがおすすめだと思う。カスタードはもちろん、ジャムも旬(しゅん)のものを店で煮てるから、香りが全然違う」

するりと解説する川久保に、睦月は驚いた。

「食べたことあるの？」

「まあな」

さすがにスイーツ研究会に自ら入るような人は、あらゆる店を知り尽くしているんだなぁと、感心してしまう。

セロファンの包みを開くと、なんともいえないいい香りが立ち上り、それだけでおいしいことが確信できる。一口食べると、感動で思わず目が丸くなってしまう。

「なにこれ。すごくおいしい！　めちゃくちゃ苺味！」

スーパーの店頭で買う苺ジャムとは別物で、粒(つぶ)の残った苺から濃厚な甘酸っぱさと香りが広がる。カスタードのこくと苺の酸味、そしてそれらをサンドしたタルト生地のサクサク感が一体となって、睦月をたちまち幸せの国に連れて行ってくれる。

あっという間に食べきってしまった睦月に、川久保はおかしそうな顔をする。

「今日はさちこにしては珍しく食欲旺盛(おうせい)だな」

言われてみれば、午前中に家を出て、買い物時間も入れれば往復四時間の外出で、これが今日初めて口にする食べ物だった。だが『空腹は最大の調味料』という失礼な表現はとても嫌い

なので、

「だってすごくおいしいから」

と答えた。実際嘘ではない。今まで食べたお菓子の中で、一番おいしい焼き菓子だった。

「じゃ、これもいってみる？　バナナとチョコムースの相性がハンパないやつ」

それも食べたことがあるらしい川久保のすすめで、睦月は二つ目を口にした。バナナを焼きこんだカップケーキの上に、チョコムースがソフトクリームのようにのっている。加熱されたバナナの芳醇な甘さとほろ苦いチョコムースが絶妙のコンビネーションで、こちらも目を瞠るおいしさだった。

結局、六個の焼き菓子を川久保と三個ずつ平らげてしまった。

「すげーな、さちこ」

このままでは本当に川久保の中での睦月のあだ名が「さちこ」になってしまうんじゃないかと危惧しつつ、睦月はケーキの余韻をコーヒーで清めた。

「ホントにおいしかった。先輩たちが、イートイン限定のマフィンを食べてみたいって切望する気持ちもわかるな」

「小嶋も食べてみたいのか」

「うん。だってね、ちょうど焼き上がりを見たんだけど、うっとりしちゃうくらいいい匂いだったんだよ。お店の人もみんな感じ良くて、先輩たちが言ってたネットの噂とは全然違ってた」

「そうか」

「予約はダメだったけど、気長に通えばタイミングよくイートインスペースに座れるんじゃないかな」

川久保はまた不思議そうなおかしそうな顔で睦月を見た。

「なに？」

「いや、珍しいやつだなと思って。人の頼みを断れない流され型のやつって結構いるけど、その中でもおまえみたいにポジティブなタイプってあんまり見ないよな」

「え、ポジティブ⁉」

言われたこともない単語に、びっくりしてしまう。

「じゃね？　自分の意志がないのかって、最初はイラッとしたけど、おまえってその流され感を結構楽しんでるよな。厄介事を押しつけられても、恨むでもないし」

「恨むもなにも、断れなかった時点で自分の責任だし。でも楽しんでるっていうのは自覚なかったな」

「楽しそうじゃん。焼き菓子三つペロッと食べて、そのうえ焼き立てマフィンも食べたいとか言って、すっかりスイーツマニアになってるし。一番最初の、青い顔してケーキ食べてたときとは雲泥の差」

言われてみればそうかもしれない。物心ついたときからこの性格なので、本意ではない状況でもそれなりに受け入れてしまう下地ができているのだろう。

「俺はなんでも自分の意志で決めたいタイプだから、おまえのやり方に共感はしないけど、おまえを見てると巻き込まれ型人生っていうのもアリなんだなって思うよ」

川久保に感心されて戸惑う。褒められているのか呆れられているのかよくわからないが、少なくとも嫌われてはいないようだ。そう思ったらじわっと嬉しくなった。

性格が真逆で、友達などといったらおこがましい気がしていたが、もしかして友達になれるかもしれない。考えてみれば、学科が一緒でサークルも同じというのは、結構濃い関係性ではないか。うまくすれば、親友にだってなれるかもしれない。

睦月は受け身の性格で自己主張というものがあまりないため、今までの人生で人から嫌われた経験は一度もない。だが一方で、親友とまで呼べるほど親しい友達を持ったこともなかった。浅い人づきあいの中をたゆたってきた身としては、親友という存在にはひそかな憧れがあった。

恐る恐る、睦月は川久保に自分の希望を伝えてみることにした。

「あのさ、川久保と俺じゃ全然性格も違うし、好みとか考え方も違うと思うんだけど、これからも仲良くしてもらえるかな?」

コーヒーを飲みかけていた川久保はカップを持った手を宙で止め、怪訝そうな眼差しで睦月を見た。

いきなり親友になりたいなんて厚かましいことを考えたのがバレて、どん引かれたのだろうか。

睦月は慌てて言い募る。

「あの、最初はただの友達でいいから！」

川久保は目を見開いて固まっている。

「ごめん、友達すら無理だったら気にしないで」

「……無理なんかじゃねえよ。おまえも同類だったことに驚いただけだ」

同類？　なんの？

意味を測りかねて考え込む睦月に、川久保はぼそっと言った。

「俺は最初から友達以上でもいいけど？」

え、いきなり親友待遇？　予想外の嬉しい言葉が返って来て、心臓がドキドキと高鳴る。

「ホント？　勇気を出して言ってみてよかった」

思えばこんなふうに自分から積極的に何かを申し出て、しかもOKをもらったのは初めてのような気がする。

「上、行くか？」

川久保が低い声でぼそっと言った。舞い上がっていた睦月はその唐突な提案に話の繋がりが読めず、部屋をぐるりと見回した。この部屋で「上」と呼べる場所は、梯子のかかったハイベッドくらいのものだ。

「上って？」

きょとんとする睦月に、川久保は一瞬押し黙ったあと苦笑いした。

「いや、なんでもない。まずは友達からだったな」

ひとりごちる川久保に更に「え？」となる。もしかして上というのは物理的な位置のことではなく、友達より上、つまり親友になるかという意味だったのではないだろうか。川久保のレトリックを即座に理解できないなんて友達失格ではないか。

「コーヒー、おかわりいれるよ」

マグカップを手に立ちあがってしまった川久保の背中に、今更（いまさら）「そうだね、上に行こう」と言うのも間抜けな気がして、睦月は一人で自分の鈍さを呪った。

コーヒーを持ってきた川久保は、床に放置してあったレンタルビデオ店の袋を引き寄せ、リリースになったばかりのアクション映画のＢ　Ｄ（ブルーレイディスク）を取り出した。

「ヒマなら一緒に観ようぜ」

「うん！」

いかにも「友達」らしい誘いに、睦月は嬉しくなっていそいそと川久保の隣に移動した。

映画はとても面白（おもしろ）かった。二時間無言で画面を眺めているうちに、誰かと二人きりでいるときに陥（おち）いる『なにか喋（しゃべ）らなくては』というプレッシャーからも解き放たれて、映画が終わったあとも、それぞれに雑誌を眺めたりしてリラックスした時間を過ごすことができた。

今日は家族が留守だと話すと、夕食も一緒に食べようかという話になり、近所の牛丼屋に行った。

特に何をするでもなく、ただ一緒にいることが心地よくて、友達っていいなと改めて感動した睦月だった。

5

友達、もしくはその上をいく関係になったとはいえ、そこは女子とは違っていつも一緒というような距離の縮まり方はしなかった。ただ教室で顔を合わせれば隣に座り、時間が合う日は学食で一緒にランチを食べたりするようになった。

黙っていても別に川久保は不機嫌なわけではないとわかったので、無理に話を振ったりしない。昼食を食べ終えるまでの間、会話が一往復くらいしかないこともあったが、居心地の悪さはまるで感じなかった。逆に『間を持たせなければ』などと思わなくなった分、気が楽で、一緒にいて飽きることがなかった。

「何か飲む？」

先に食べ終えた川久保が、トレーを片付けに立ちがてら声をかけてくる。それが挨拶以外で今日学食で交わされる最初の会話だった。

「川久保は？」

「俺はコーヒー」

「じゃ、俺も」

川久保が買いに行ってくれている間に財布からコーヒー代のコインを拾い出していると、

「こーじまくん」

男にしてはやや高めの媚びたような声で名前を呼ばれた。にこにこと傍らにやってきたのは、同じ学科の沢渡有弥だった。隣にはよく一緒にいるグループの幸田陽菜もいる。睦月をスイ研に誘った女子だ。

「あのさ、午後の文化人類学出るよね？　また出席カード頼んでもいいかなぁ」

甘えるような声で言われて、げげっとなる。

入学直後、急用で帰らなければならないからと代返を懇願され、引き受けてしまってからロックオンされたようで、頼まれるのはこれで三度目だ。

ノーと言えない以上、引き受けたことは四の五の言わず遂行するのが睦月の信条だが、代返に関してだけは複雑な気持ちになる。出席していない講義に偽りの出席カードを提出することは、人を欺く行為だ。初回はあまりにも必死の形相だったので、身内の不幸でもあったのかと心配になってつい引き受けてしまったが、この短期間に二度三度となると、そうそう急用ができるものだろうかと疑ってしまう。

サボりがいけないなんていうつもりはまったくない。睦月だってサボることはある。ただ、嘘の出席カードを出すことには抵抗がある。

「用事があるなら、教授に事情を話してみたらどうかな」

それでもはっきりノーとは言えずに、ひとまず提案してみると、沢渡はぷうっと頬を膨らませた。

「アニメの委員長キャラみたいなこと言うなよ。ちょろっと名前書いて出すだけじゃん」

沢渡はそんな拗ねたような尊大な表情が妙に似合う、美少年とでも呼びたい顔立ちをしている。小柄だが全身のバランスが良く、経済学部よりも美大でデザインでも学ぶのが似合いそうな個性的でおしゃれなファッションセンスを持っている。

「だよね。ついでに私の分もお願い！　小嶋くんがサボるときは私が代わりに引き受けるから」

沢渡の小悪魔顔に気をとられていたら、陽菜まで便乗してきた。

「それはちょっと……」

「まさか俺たちのお願いを断ったりしないよね？　小嶋に断られたら、俺たち単位落としちゃうかもしれないよ？」

「勝手に落とせば？」

冷ややかな声とともに、睦月の前に湯気の立つ紙コップが置かれた。

「おまえらが単位を落とすのは勝手だけど、発覚すれば加担した側も単位剥奪の可能性だってあるんだ。小嶋を巻き込むなよ」

向かいの席にどさっと腰をおろし、川久保は辛辣に言い放った。

陽菜がほわっと頬を赤らめる。

「ごめんなさい、あの、私たち全然そんなつもりじゃなくて……」

「俺に謝る必要はないし、わかればいい」

川久保はあっさり話を打ち切り、スマホに視線を落とした。その無愛想な横顔を、陽菜がちょっと傷ついたように見つめている。

圧倒的な見栄えの良さと、その寡黙で掴みどころのない性格のせいで、川久保が学科の女子の間で密かに人気があることは知っている。陽菜もその一人のようだ。

川久保が戻って来る前に睦月がさっさと断っていれば、陽菜にこんな間の悪い思いをさせることはなかったのにと、申し訳ない気持ちになる。

そしてはっきり拒めない自分の代わりに断ってくれた川久保に、大いに恐縮した。男として、代わりに断ってもらうなんて情けないにもほどがある。

この状況ですごすごと逃げ去るのも気まずいと感じたのか、陽菜はとりつくろったような笑顔をうかべて睦月の隣に座り、話しかけてきた。

「スイ研、まだ続いてるの？」

「うん」

「スイ研ってなに？」

沢渡も会話に加わって来る。

「スイーツ研究会よ。面白そうだなって思って、小嶋くんにつきあってもらって部室を覗きに行ったんだけど、部員がみんな男で、しかもメタボばっかなんだよ」

「うっそ、マジで？」

「マジマジ。スイーツ食べてる場合じゃないだろうっていう」

「なにそれウケる」

「しかもね、一番の巨漢がオネエなんだよ。私、ホンモノって初めて見たよ。ほら、よくバラエティ番組とかに出てる美容家のオネエさんがいるじゃん？　あれをもっとゴリラっぽくしたみたいなさ。もうとにかくビビったわよ。あんな得体の知れないサークルに入る物好きって小嶋くんくらいのものよ」

陽菜の視線がチラチラと川久保の方に泳ぐのを見て、睦月はハラハラしてしまう。陽菜は先程の失態をカバーすべく、面白おかしい話題で川久保の気を引こうとしているのだろう。多分、川久保がスイ研のメンバーだということを知らないのだ。

「みんな、もう経済理論入門のレポートは提出した？」

睦月は強引に話題を変えにかかった。川久保の中でこれ以上陽菜の心証が悪くなったら気の毒だし、先輩方の悪口を聞くのは気分のいいものではない。みんな気のいい人たちなのだ。

この前、『ひいらぎ』の焼き菓子を部室に持って行って、アポ失敗の件を伝えたときには、みんな逆に恐縮して睦月の手間を労ってくれ、いいというのに焼き菓子代を出してくれた。

しかもその数日後、御子柴は睦月への労いに老舗『大笹』の羊羹を買ってきてくれた。数量限定の羊羹の人気ぶりは睦月でも知っている。何時間も並んで買ってくれた御子柴のやさしさに心打たれた。

「えー、なんで唐突にレポートの話？　そういえば小嶋くん、あのガチでオネエな先輩に襲われたりしてない？　小嶋くんって地味だけどかわいい顔してるし、押されるとノーって言えないタイプだからヤバくない？」

せっかく話題を変えたのに、なんで引き戻すんだよー！　と睦月が内心ジタバタしていると、川久保がぼそっと言った。

「あの人はネコだし、ノンケに悪さするような人じゃないよ」

え、ネコ？　にゃー？　頭の中を「？」マークが乱れ飛ぶ。

沢渡が急に川久保の方に身を乗り出した。

「川久保、なんでそんなこと知ってんの？」

「俺もスイ研の部員だから」

さらっと答えた川久保に、陽菜が「え？」と声を裏返して固まる。

そんな陽菜をおいてきぼりにして、沢渡が更に川久保に詰めよる。

「そこじゃなくて、なんでその人がネコだって知ってんの？　つかネコとかノンケとかいう単語がさらっと出てくること自体、なんで？」

沢渡が何を色めき立っているのかさっぱりわからないし、陽菜は自分の失態に気付いて青ざめているしで、睦月はハラハラするばかりだった。

「あの、みんな、レポートは……」

再び間抜けな話題で割って入ると、川久保と視線が合った。

「今から出しに行くところだ」

そう言って席を立つ。

「あ、じゃ、俺も」

睦月は紙コップのコーヒーを飲みほし、陽菜と沢渡に「またね」と挨拶をして、川久保を追った。

学生課のある棟まで最短距離の中庭を横切りながら、睦月は隣を歩く川久保にそっと話しかけた。

「あのさ、幸田さんのこと、悪く思わないであげてよ」

「特になんとも思ってねえよ。つか、なんでそんなこと言うわけ？」

「いや、あの、幸田さんは……っていうかうちの学科の女子は、みんな川久保に嫌われたくないだろうし」

憶測（おくそく）の域に過ぎない陽菜の好意を勝手に暴露（ばくろ）するのも躊躇（ためら）われ、一般論に置き換える。

「なんで？」

「だってうちの科の女子は大半が川久保狙いじゃん？」

「なにそれ」

「なにそれって……」

「興味ねえよ、そういうの」

ばっさりと言い捨てる。「親友」としては川久保に彼女ができたらちょっと淋しいという気持ちもあるから、その発言にほっとするが、一方でモテるからこそ言える台詞だと思ってしまう部分もある。同級生の女子の中には、好みのタイプはいないというわけだ。

「理想が高いんだね」

「理想以前の問題だろ。おまえも知っての通り、俺はゲイだし」

「…………!?」

衝撃的なことをさらりと言われて、睦月は心臓が口から飛び出しそうになる。

ゲイ？　ゲイってあのゲイ？

それだけでも地面がひっくり返るほどの衝撃だが、「おまえも知っての通り」という前置きはさらなる衝撃だった。

記憶にある限り、今まで川久保にその手のカミングアウトをされた覚えがない。そんな重大なことを打ち明けられていたら忘れるはずがない。

しかし本人がこう言っているのだから事実なのだろうし、自分はそれを聞き逃(のが)してしまったのだろう。

こんなデリケートな問題を聞き逃したなんて失礼すぎるし、ここで問い返したり深く立ち入ったりするのはもっと失礼なことだ。

「あー、ね」

睦月はもごもごとそれを肯定(こうてい)し、極力ナチュラルに受け流した。そして先程に引き続き必殺技『話題を変える』を繰り出す。

「さっきはありがとう」

「ん?」

「代返の件。本当は自分でちゃんと断らなきゃいけなかったのに、川久保に言ってもらっちゃって。情けないけど、助かった。ありがとう」

「小嶋はやさしいからはっきり撥(は)ね付(つ)けられないんだろうけど、ああいうことに関してはちゃんと断れよ」

「やさしいんじゃなくて、優柔不断なだけだよ。でも、これからは無理なことはちゃんと無理って言えるように努力する!」

決意を固めてぎゅっと拳(こぶし)を握(にぎ)りしめつつも、言ったそばからできる気がしない睦月を見て、川久保は失笑した。

「そこまで意気込むことでもないだろう。まあ、無理そうなときは俺に言えよ」

頼もしい言葉に、思わずキュンとしてしまう。いや、男相手にキュンとしている場合じゃないだろう。いやいや、川久保はゲイだからキュンとしてもいいのか。

……いやいやいや違うだろう。相手がゲイでもそうじゃなくても、ノーマルな睦月が同性に対してキュンとするのはおかしい。

「ありがとう。あの、いつも川久保には助けてもらうばっかで、何のお返しもできなくてごめんね」

今のキュンはなかったことにしようと、笑顔で明るく返す。

中庭の真ん中に立つ大きな欅の前で、川久保が足を止め、睦月の方を振り返った。

「……そう思うなら、お返しにキスでもさせてもらおうかな」

え？　と思ったときには、掠め取るように唇を奪われていた。

キスは一瞬だったが、睦月は驚きのあまりそのまま固まってしまった。

なにこれ？　なに今の？

何ごともなかったように歩きだす川久保と肩を並べながら、睦月は混乱の渦に飲み込まれる。

キスって普通は恋人同士がするもんだよな？　あ、もしかして川久保って帰国子女で今のはご挨拶的な意味とか？　いやいやそれはないだろう。ってことはもしかして俺のことを……？　ってそんなはずないよな。いくら川久保がゲイだって、俺みたいにパッとしない優柔不断な男を好きになるはずないし。

そういえばさっき、お返しって言ったよな？　つまり助けてくれたお礼のキスってこと？　でも俺なんかのキスがお礼になるのかな。……これはあれか、たとえは悪いけど、風俗みたいなもの？　ノーマルな男なら手軽に欲望を満たせる場所はたくさんあるけど、男相手となると敷居が高いから、俺で代用的な？

唐突なキスになにか理由をつけようと、睦月の頭の中では突拍子もない仮説が組み立てられていく。

そんなことの代用なんて普通だったら許し難いことなのに、なぜかそう結論付けても嫌だとは思わなかった。もちろんいきなり尻を貸せなどと言われたりしたら全速力で逃げ出すが、ちょんと触れるだけのかわいいキスである。それが川久保の気晴らしになるなら、むしろ嬉しいくらいだ。

……嬉しい？

今俺嬉しいって思った？

いや、ほら、これは川久保の役に立てて単純に嬉しいってことだから。

ツッコミどころ満載の思考の流れだが、川久保がいつもと変わらず平然としているので、睦月もさっきの「キュン」同様キスをなかったことにして、他愛もない会話を交わしながら学生課へと急いだ。

6

今年初めての真夏日となった日の夕刻、スイーツ研究会の一行は電車で『ひいらぎ』に向かっていた。川久保が突然「今日なら大丈夫」と言い出したのだ。

「ねえ、本当に予約とれてるの？」

御子柴の問いに、川久保が「大丈夫です」と無愛想に答える。

「そもそも、今日って定休日じゃなかったっけ」

という大泉の疑問にも「大丈夫です」と返される。

何を聞いてもむっつり「大丈夫」としか言わない川久保の傍らでは、そんなに近寄らなくてもという立ち位置で沢渡がブラブラと吊り革につかまった身体を揺らしている。

あの数日後、沢渡がスイ研に入りたいと言ってきたときには驚いた。最初は冷やかしかと思ってハラハラしたが、「そこまで小嶋が心配することじゃないよ。沢渡と先輩たちの問題だから」と川久保はあっさりしたものだった。

そして今日、沢渡は見学という名目で初めて部員と合流したのだった。

「……にしてもガチでオカマなんっすね」

沢渡は御子柴を上から下まで眺めまわして、遠慮もなくずけずけと言った。

「ちょっとぉ、今年の一年生ってどうしてこう礼儀知らずなのよー」

怒る仕草をしてみせてから、御子柴は沢渡のファッションセンスを値踏みするように眺め返した。

「っていうかアンタ、アタシと同類の匂いがするわ」

「はぁ？　なにそれ。名誉棄損で訴えるレベルなんですけど」

「なに生意気なこと言ってんのよ！　こっちが訴えたいわよ！」

「ひゃー、こえー！」

沢渡は大仰に怯えてみせて、川久保の背後にするりと隠れる。

「アンタみたいなコが、どうしてうちのサークルに入ろうと思ったのよ」

「だって川久保がいるから」

「え？」

「あのね、この前、俺、川久保に叱られちゃったんです」

「まあ、アンタみたいなコ、誰でも叱りたくなるわよね」

「そんなことないっすよ。俺、家でも外でも、人から叱られたことなかったんです。で、川久保にビシって叱られたとき、シビれちゃって」

「なにそれドM?」

「ガチオカマ思考っすね。男惚れっていうやつですよ。それで、川久保が入ってるサークルに興味持って」

「予想と違ってたんじゃないか?」

土井が苦笑いしながら言うと、沢渡は大真面目な顔でかぶりを振った。

「クラスの女子から、すっげーメタボの集団って聞いてたから、もっと相撲部屋みたいな感じを想像してたけど、思ってたよりましでした。あ、ミコちゃんさんを除いて」

「ちょっとアンタ! マジでシメるわよ」

「ぎゃーっ」

川久保を盾にして機敏に身を隠したり顔を覗かせたりしている沢渡に、先輩たちが失笑をもらし、その場は和んだ空気に包まれる。

予想外の雰囲気に、睦月は狐につつまれたような気分になる。沢渡の言動に先輩たちがどん引きし、孤立した沢渡も居心地の悪い気分を味わうというような心配をしていたのに、まったくの杞憂だったようだ。

むしろ睦月の方が、いつまでたってもサークルに馴染めていない気がしてうら淋しくなる。

一時間半の遠征で到着した店の前には、大泉が言った通り『本日休業』の札が下がっていた。

えー、という不満の声が部員たちの間から上がる。しかし川久保はお構いなしにドアを開いた。

店の中から陶然とするようないい匂いがもれだす。

「いらっしゃいませ」

明るい声で迎えてくれたのは、前回接客してくれたきれいな女性だった。この間はコックコートに身を包んでいたが、今日は花柄（はながら）のワンピースにレギンスという普段着姿だった。

「ちょうどよかったわ。あと五分で焼き上がるところだから」

女性は川久保にそう言って、一同の方に笑顔を振りむけた。

「いつも弟がお世話になってます」

今度はさっきとは違うニュアンスの「えー」が響く。

「川久保くんのお姉さん？」

御子柴が両手で頬を押さえて、驚いた様子で問う。接客業で色々なお客を見慣れているせいか、川久保の姉は御子柴のオネエキャラにも特に動揺した様子を見せず、にこにこと頷く。

「はい。姉の友香（ゆうか）です」

「ってことは、こちら彼のご実家？」

「ええ。ここは私の店で、隣のビストロを父がやってるんです」

御子柴はくるりと川久保を振り返った。

「ちょっとぉ、早く言ってよ。っていうか、そういうことなら最初に予約を頼んだときに引き受けてくれてもよかったじゃないのっ?」

「姉に借りをつくると、あとあと面倒なので」

「じゃ、なんで気が変わったのよ」

「小嶋が食べたいって言うから」

全員の視線が、一斉に睦月に集まる。

え、俺? と睦月はびっくりして目をぱちぱちさせた。

「アタシのお願いは『お断り』でむっちゃんのお願いは二つ返事で引き受けるって、どういう了見よっ」

「まあ、ごく普通の反応なんじゃないすか?」

沢渡がケラケラと茶化し、火に油を注ぐ。

そうこうするうちにマフィンが焼き上がり、一同は貸し切りの店内で焼き立てをご馳走になった。

マフィンは想像に勝るおいしさだった。さっくりほろほろとしたバター風味豊かな熱々の生地は焼き立てならではで、あんず、ブルーベリー、チーズの三種類のフィリングが、絶妙なアクセントとなっていて、いくつでも食べたくなる。濃いコーヒーが、さらにその味を引き立てた。

武骨な弟とは対照的に友香は愛想がよくおしゃべり上手で、マフィンやコーヒーをサービスしながら、部員たちを笑わせ、寛がせた。

「店主のかたが気難しいって聞いてたので、僕らみたいなむくつけき男の集団は受け入れてもらえないかと思ったんですけど、こんなにあたたかくもてなして頂けて感激です」

土井が言うと、友香は「ありがとうございます」と返しながら、ちょっと困ったように眉を下げた。

「もしかしてネットのレビューをご覧になったんですね」

「ええ」

「実はあれ、うちのバイトの子が投稿したんです」

「え。嫌がらせとか逆恨みとか？」

「いえ、純粋な善意で。お客様がたくさん来てくださるのはとても嬉しいけど、住宅街なのでご近所に迷惑をかけるのが心苦しいって話を店のみんなでしていたら、色々考えて一人で先走ってあいう書きこみを……」

「うわー、最悪のバイトっすね。即クビっすよね？」

沢渡が四つ目のマフィンを頬張りながら口をはさむ。

「まさか。親切のつもりでしてくれたことですから。もちろん、注意はしましたけど。いまどきの子の考えることって突飛ですよね」

うふふと笑う友香の、どこかマイペースでおっとりしたところは、川久保と対照的なようでいて、根っこの部分は似ているような気もする。

おいしく楽しいひとときを過ごし、帰路につく。途中の駅で一人また一人と降りて行き、始終川久保にまとわりついていた沢渡も、御子柴から、

「そのＴシャツ、アタシも欲しいから買ったお店に連れて行ってよ」

などとせがまれ、引きずられるように連れ去られて行った。

最後に残ったのは睦月と川久保の二人だった。賑やかだったのが急にしんとしてしまい、ちょっとものさびしさを覚える。一方でさっきまで沢渡越しにしか見えなかった川久保がひとり分の距離を詰めてきてくれたことに嬉しさを感じていたりもする。しかしそれも一駅分のことで、すぐに川久保の降りる駅に着いてしまう。

名残惜しい気持ちで「じゃあね」と言おうとした睦月に、川久保の方が声をかけてきた。

「寄ってく？」

「え？」

「この間のＢＤ、続き借りてあるんだけど」

答えるより前に発車ベルに急かされて、下車していた。

すでに勝手知ったる状態になりつつある川久保の部屋に着いたときには、初夏の長い日も沈んでいた。

「なにか飲む？」

冷蔵庫を覗きこんで川久保が声をかけてくる。

「ううん、大丈夫」

睦月がまだいっぱいのお腹をさすりながら答えると、川久保は苦笑いを浮かべた。

「また無理して食いすぎたんじゃねーの？」

「全然！　すっごくおいしかったよ。まさか川久保の実家だとは思わなかったけど。川久保のスイーツ好きって、もしかしてお姉さんの影響？」

「まあ、それもなくはないかな」

「仲良しなんだね」

川久保は顔をしかめた。

「良くねえよ。あいつはなにかっていうと力仕事を手伝わせようとするし、上の姉貴は人の髪の毛を好き勝手に切りやがるし」

「美容師さん？　川久保って二人もお姉さんがいるの？」

「いや、その上にもう一人いる。ショップの店員やってて、押し売りしてくる」

面倒くさそうに、自分の着ているものを指し示す。

武骨そうな性格とは裏腹にいつもさりげなくおしゃれな雰囲気(ふんいき)なのは、姉たちのなせる業(わざ)だったらしい。

「悲劇だろ。小嶋は兄弟は？」

「姉と妹」

「同類だな。同情するよ」

川久保が苦笑いを浮かべる。

同類というけれど、現状は全然違うはずだ。髪型も服も、おしゃれだが不自然さがなくて、川久保にとても似合っている。それは川久保が姉たちにいいようにされているわけではなく、勧められても受け入れられないものはきちんと拒（こば）んでいるからだろう。睦月だったら丸刈りでも金髪でも女装でも、三人もの姉にごり押しされたらきっと断れずに受け入れてしまっていたに違いない。

つまり自分の性格は、姉妹に挟（はさ）まれた家庭環境のせいではないことが明らかになった。

何はともあれ、川久保が姉に借りを作ってまで休日の店でお茶会を開いてくれたのは、睦月がマフィンを食べたがったからだという。

「今日、ありがとう」

「ん？」

「マフィン、評判を上回るおいしさだったよ。川久保がお姉さんにお願いしてくれたおかげで食べれたんだよね。ありがとう」

睦月がはにかみつつ礼を言うと、傍らに座ってリモコンでテレビの電源を入れようとしていた川久保が手をとめて睦月の方を振り返った。

目が合うと、すーっと顔が近付いてくる。え、なに？　と焦る頭に、前回の『お礼』の件が過る。まさかまた？　え、どうしよう？

心の準備も整わぬうちに距離が縮まり、反射的に目を閉じると、唇に柔らかいものが重ねられた。

触れた唇はいったん離れ、角度を変えて何度か触れてきたのち、いきなり舌を差し込まれて、くちづけが深くなった。

「…………っ！」

驚きで喉の奥から声がこぼれそうになる。その声さえも飲みこんで、川久保の舌が睦月の口腔を蹂躙する。

押さえつけられているわけでもない。触れているのは唇だけ。嫌ならば身を引くなり突き飛ばすなりすれば済む。

けれど睦月は後ろ手をついてのけぞった体勢のまま、くちづけを享受していた。

驚きすぎて咄嗟に動けなかったというのもあるし、これは『お礼』のキスだから、拒むとか嫌がるとかいう類のものではないという思いもあった。

更に、今日一日沢渡に独占されていた川久保を、今は自分が独占できていることが妙に嬉しいという変な気持ちもあった。

それでもどんどん深くなるくちづけは、「友達同士でこれってアリなのか？」という疑問を呼ぶ。つい舌先で川久保の舌を押し返そうとすると、それを能動的な反応ととったのか、川久保の舌は尚も強引に睦月の舌をからめとってきた。

「……っ、ん……」

鼻から抜ける声が、自分の声とは思えないほど甘ったるい。キスがこんなに淫靡なものだとは、奥手な睦月は知らなかった。高校生の頃に短い間つきあっていた彼女と、何度かキスをしたことがあったけれど、口と口を触れ合わせる行為のどこがそんなにいいのかさっぱりわからなかった。もちろん、ドキドキはしたけれど、手をつないだり腕を組んだりすることだって同じようにドキドキした。キスを特別なものだと思ったことはなかった。

しかし川久保とのキスは、単なる皮膚の接触ではなかった。触れ合った部分だけではなく、足の裏や、背中や首の後ろまでざわざわして、身体中をあやしい熱が這いまわるようなキスだった。

これ以上続けたらおかしな反応をしてしまいそうだと思う頃、ようやく川久保の唇は湿った音をたてて離れた。

あまりにもとんでもないことがあると、人はパニクったり騒いだりするのを通り越して、無表情になってしまうということを、身をもって知る。

「……このあと、どうする?」

川久保が低い声で意味深に訊ねてくる。

どうするってどういう意味？　っていうかそもそも俺はなんでここに来たんだっけ？

さまよわせた視線は、川久保の手に握られたテレビのリモコンに止まる。そうだった、映画を見に来たんだった。

「ＢＤ、観ようよ」

睦月が動揺しすぎて淡々と言うと、川久保は二、三回目を瞬いてから頷いた。

「……だな」

胸のうちに、せかせかと動き回る小さなネズミでも入りこんだような落ち着かない気持ちのまま、睦月は川久保の隣で映画に没頭するふりをした。

7

入学直後は一人で昼食をとることが多かった睦月（むつき）だが、やがて川久保（かわくぼ）と食べるのが日常になり、そこに時々沢渡（さわたり）や陽菜（ひな）も加わるようになってきた。

「え、なに、小嶋（こじま）ってミートボール苦手系？　だったら俺の椎茸（しいたけ）と交換してやるよ」

苦手などとはひとことも言っていないのに、沢渡は睦月のB定食のミートボールを奪い去り、代わりに自分の天津飯（てんしんはん）の干し椎茸をひとつ残らず睦月の皿に移してきた。

「え、あの、」

睦月が反論する前に、川久保が干し椎茸を沢渡の皿に戻す。

「おまえこそ嫌いなものを人に押し付けてんじゃねえよ。自分で食え」

「えー。椎茸なんて人間の食べものじゃないじゃん。ブニブニしてちょーキモい」

「全国の椎茸農家と椎茸ファンに謝れよ」

「川久保、真面目（まじめ）な顔してちょーウケる」

「笑いごとじゃねえよ」

二人のやりとりを見て、睦月の傍らでナポリタンを食べていた陽菜が噴き出した。

「またじゃれあってるー」

いや、じゃれあってるわけじゃなくて、沢渡が一方的にじゃれついているんだし、そもそも川久保は椎茸を押しつけられた自分を助けてくれただけで……などと胸の中で陽菜のコメントに反論している自分に気付き、ハッとする。

何をムキになってるんだろう、俺。

「椎茸は勘弁だけど、川久保に叱られてから、俺、ちゃんとサボらずに講義に出てるよ？　偉くね？」

「おまえの出欠になんか興味ねえよ」

「えー、なんでだよ。川久保がダメな俺を窘めてくれたんじゃん」

「俺は、他人にサボりの片棒を担がせるなって言っただけで、サボるななんてひとことも言ってない」

「またまたー。川久保ってばツンデレなんだからー」

陽菜の言う通り、このやりとりを客観的に見ればじゃれあい以外のなにものでもないだろう。

胸の中に入り込んでしまった子ネズミは、こういうちょっとした折に意味もなく暴れ回っては睦月を悩ませる。

「おー、小嶋みっけ！」

ふと背後から声をかけられた。振り向くと同科の桑田が立っていた。

「なあ、今日の哲学のノート、写させて」

「ああ、うん」

睦月は鞄からルーズリーフノートを取り出した。

「今日、スマホ忘れちゃったから、ノートごと借りてもいい？」

笑顔で拝み倒されて、睦月は内心ブルーになる。前にも桑田にノートを貸したことがあるが、なかなか返してもらえず、挙げ句の果てに「ごめん、失くしちゃったみたい」と苦笑いでごまかされて終わったことがある。

また同じことになったら嫌だなと思い、睦月はノートを持って立ちあがった。

「じゃ、コピーとってくるから、ちょっと待ってて」

隣の学生ホールのコピー機に向かおうと、食べかけのテーブルから立ち上がると、桑田がそれを制してきた。

「食べてる最中に手間かけさせちゃ悪いし、コピー機、今行列してるから、そのまま借りていくよ」

「いや、でも、」

前に紛失されたから、原本を渡すのが嫌なのだと、言いたいけれど言えないのが睦月の情けないところだった。

紛失したのは相手の落ち度なのに、言えば相手を傷つけたり不快にさせたりするのではないかと思うと勇気が出ない。

ノーと言えない男の本領を発揮して、睦月は諦めの境地でノートを差し出した。

向かいで沢渡にじゃれつかれていた川久保が、不意に手をのばして桑田のメッセンジャーバッグを取り上げた。

「荷物持っててやるから、コピーしてこいよ」

持っててやるというより、人質といった剣呑さがある。

唐突な川久保の介入に、桑田は面食らったようだった。

「だからコピー機、混んでるんだって」

「知らねえよ。小嶋のノートは俺が先に借りる約束してるんだから、今コピーして返せないなら、おまえに貸すのは却下だ」

川久保にそんな約束をした覚えはなかった。例によって睦月の要領の悪さを見兼ねて、助け船を出してくれたらしい。まったくもって情けないことだ。

結局、桑田は川久保の言う通り、その場でコピーをとってノートを返してくれた。

ランチを終え、午後の講義のための移動で、また中庭で川久保と二人きりになった。胸の子ネズミがちょろちょろと暴れ出す。

「あの、さっきはまた助けてもらっちゃってありがとう」

川久保は「しょうがねえな」とでも言いたげに小さく口角をあげた。ひとけの少ない中庭の木陰（こかげ）に差し掛かったとき、川久保はまたキスをしてきた。もちろん、このまえ川久保の部屋で交わしたような濃厚なキスではなく、一瞬素早く唇を触れ合わせるだけのキスだった。

こんなことがお礼になるのかという申し訳ない気持ちと、所詮（しょせん）ギブアンドテイクのキスに過ぎないという落胆（らくたん）のような気持ちを同時に感じて、睦月はなんともいたたまれなくなる。

はっきりノーと言えないばかりに川久保の手をわずらわせ、自分はなんという鬱陶（うっとう）しい人間だろう。

そんな自分に引き比べ……と睦月はふとさっきまで川久保にまとわりついていた沢渡のことを思い出す。こずるいところも口が悪いところも含め、沢渡にはどこか憎（にく）めないかわいげがある。優柔不断ではっきりものが言えない睦月とは対照的で魅力的な男だ。

寡黙（かもく）な川久保と陽気な小悪魔・沢渡は、実に絵になる組み合わせではないか。二人ともおしゃれで容姿も整っている。

そこで疎外感（そがいかん）を感じていじいじしている時点で、川久保に対して自分が友情以上の何かを感じているのだということを自覚できないまま、睦月はこっそり小さなため息をつく。

「あら、お二人さん。一緒にランチに行かない？」

中庭を抜けたところで、御子柴（みこしば）が声をかけてきた。

「今食べてきたところです」

川久保がそっけなく断ると、御子柴はぷうっと頰を膨らませた。

「若いんだからつきあいでもう一食くらいいけるでしょ」

本気とも冗談ともつかない誘いに内心「ひーっ」となる睦月を、川久保が親指で指し示す。

「俺は大丈夫ですけど、さちこはもう無理だと思いますよ」

「むっちゃんてば相変わらずねー。来週は沢渡ちゃんの歓迎コンパでケーキバイキングに行くんだから、元がとれるように胃袋鍛えておくのよ！」

無理無理無理絶対！　と思いつつ、一応口角をあげて頷いておく。

「それとね、アンタたちってば食べ歩きの待ち合わせの時しか部室に顔出さないけど、遠慮しないで毎日でも遊びにきていいのよ。あ、今日、部室でべっこう飴を作る予定だから、二人でいらっしゃいよ。ね？」

ね？　の瞬間、御子柴と目が合ってしまった睦月は、もちろんノーとは言えずに頷いてしまう。

「じゃ、待ってるわ♡　沢渡ちゃんにもＬＩＮＥしておこうかな」

小走りにどすどすと立ち去る御子柴を見送って、はっと我に返る。

「ごめん！」

「は？」

「二人で行くみたいな流れになっちゃったけど、用事あったら俺一人で行くから」

「別に。今日はバイトもないし、べっこう飴、面白そうじゃん」

川久保がそう言ってくれたことで、睦月はぱあっと明るい気分になる。べっこう飴作りが、俄かに楽しいイベントのように思えてきた。

入学して三ヵ月、思えば学生生活の楽しい場面には、いつも川久保がいる。

自分ばかり楽しくては申し訳ない。もっと川久保の友達にふさわしいつりあいの取れた人間になりたいと、柄にもない高い望みを抱いてみたりする睦月だった。


「うっわー、ミコちゃんさん、見かけによらず器用っすね」

バラの花の形をしたシリコン型からころころと外された琥珀のようなべっこう飴に、沢渡が歓声をあげた。

「アンタっていちいち失礼ね」

「褒めてるんじゃないですか。べっこう飴がこんなに簡単に作れるなんて知らなかったな。あ、次は俺にやらせてくださいね」

カセットコンロの前で砂糖を煮溶かしている先輩たちのところに、沢渡が割り込んで行く。

睦月は部屋の隅でアルミの型にサラダ油を塗る地味な作業に従事しながら、室内を見回して思わず笑ってしまう。飴をつまんでいた川久保が「どうした?」と声をかけてくる。

「いや、男ばっかの調理実習って、ちょっと面白いなと思って。しかも作ってるものがこのかわいい飴っていうのがまた」

「確かに、野郎の遊びとしてはかなりシュールだよな」

「遊びじゃないぞ。学園祭の屋台で販売するための商品開発なんだから、真面目に取り組めよ」

苦笑いで窘めてくる土井に、御子柴も「そうよ！」と力いっぱい同意してくる。

「むっちゃんもちゃんと味見して意見出してちょうだい。あ、手がふさがってるの？　じゃ、川久保が舐めさせてあげて」

御子柴に指示されるままに、川久保が棒つきのハート型の飴を睦月の顔の前に差し出してきた。かき氷シロップで色づけされた飴は、鮮やかなピンクと黄色と黄緑の三色ある。

「自分で持つよ」

「手、油だらけだろ」

ほら、と口元に差し出されて、ピンクの飴を舐めさせられる。

人が手に持った飴に舌を這わせるというのは、なんとも奇妙な気持ちになるものだった。ピンクの次は黄色、黄緑、と順番に舐めさせられ、しかもその様子を川久保に間近にじっと見つめられ、そわそわと耳たぶが熱くなっていく。

「どれがうまい？」

「あ……ええと、俺はレモン味が好きかな」

睦月が答えると川久保は睦月の舐めかけの黄色い飴を無造作にべろりと舐めた。

思わずひーっ！と叫びそうになる。ペットボトルの回し飲みくらいならいざ知らず、他人が舐めた飴を舐めるって普通ありえないだろ！　俺だったら絶対無理！　川久保が舐めた飴を舐めるとか……あれ？　無理じゃないかも？

「俺も味見したーい！」

混乱に陥ってひとり赤面していると、沢渡が鍋の前を離れて割り込んできた。

「なになに、レモンがおいしいの？」

「いや、結局はこのシンプルなやつが一番おいしいと思う」

川久保がバラの花型の飴をつまみあげると、沢渡はその指先ごとぱくっと飴を奪い取った。

あっけにとられて半口あけて見ていた睦月の口元にも、川久保の指でバラの飴が放りこまれる。

「……確かにおいしい」

「まあね、それが一番おいしいのはわかってるのよ。でもカラフルな方がお祭りでは目を惹く……って沢渡ちゃん、焦げてるわよっ！」

無責任に持ち場を離れた沢渡を、御子柴が叱りつける。鍋から煙が立ち上り、香ばしさを通り越して焦げ臭い匂いが部屋に充満している。

「あ、ホントだ。でもこれくらい苦みばしってるのもおいしいかもよ」

沢渡は鍋をコンロからあげて、テーブルの上に並んだポリカップに流し込んだ。

「ちょっ、沢渡！　それ流し型じゃなくて包装用の容器！」

土井が慌てて止めにかかったがときすでに遅く、高温の液体は一瞬で容器を変形させ、テーブルの上に流れ出す。

それがテーブルのふちを流れ落ちて沢渡の足にこぼれかかる直前に、川久保が沢渡の胴に腕をからめて後ろに引いた。

大やけどの惨事（さんじ）は回避され、一同からほうっと安堵（あんど）の息がこぼれる。

「もうっ！　アンタは実習禁止よ！」

ドスのきいた低音でキイキイ怒鳴る御子柴に、さすがの沢渡も「すみません……」と殊勝（しゅしょう）に謝った。

そんな沢渡を見て、御子柴はちょっと表情をゆるめた。

「川久保のおかげで大やけどしないで済んだんだから、ちゃんとお礼を言いなさいよ。それにしても少女マンガみたいなシーンだったわね♡　フォーリンラブ必至のシチュじゃない？」

沢渡の身体は、引き寄せられた体勢のまま川久保の腕の中にあった。沢渡は川久保を見上げ、ぱっと笑顔に戻る。

「うわ、ホントだ。マジでフォーリンラブっちゃったかも」

どっと笑いが起こり、睦月もなんとなくつられて笑ってはみたものの、内心は微妙な気分だった。

「これ、どうすんだよ」

大泉(おおいずみ)が笑いながらすでにテーブルで固まっている飴をひきはがした。変形した透明カップや計量スプーン、レシピの紙などを巻き込んで固まった茶色の巨大なべっこう飴が、更なる笑いを呼ぶ。

ドジっ子ぶりにさえも華(はな)がある沢渡が眩(まぶ)しくて、睦月は目を開けているのがつらかった。

8

生まれて初めてのケーキバイキングは、聞きしに勝るまばゆさだった。今まで行ったスイーツ店のイートインと違って座席数が多い分、女性客の中に男性グループひと組というのは非常に目立って、来てはいけない場所に迷い込んでしまったような気持ちになる。

女性客にとっても迷惑な存在なのではないかと最初は申し訳ない気持ちになってしまったが、身を縮めてどのケーキを取ろうかと迷っていたら、女の子の二人連れが「これ、おいしいですよ」と声をかけてきてくれて、少なくとも嫌がられてはいないことにほっとした。

睦月でも手を差し伸べてくれる女子がいるくらいだから、見場のいい川久保や沢渡は尚のこと、女の子たちからあれこれ話しかけられている。

席に戻ると、土井が苦笑いで声をかけてきた。

「イケメンくんたちはモテモテだね」

「ですね」

小嶋も含めてだよとお世辞を言って、土井は肩を竦めた。

「俺さ、子供のころから甘いものが大好きだったんだけど、こういうところって男一人じゃ入りづらいだろ？　それで、みんなで行けば怖くないかなと思って、このサークルを立ち上げたんだ」

「そうだったんですか」

「でも、やっぱメタボ男子の集団って肩身が狭かったから、きみらが入ってくれて、ホント助かったよ」

「そんな……」

　モジモジしているところに、川久保と沢渡が戻って来る。川久保の隣の席を当然のごとく沢渡に奪われてしまったことが切ない。

　悔しいのとは違う。悔しがるような権利は睦月にはない。隣に行きたいなら沢渡のように主張すればいいのだし、そこで敗北を喫したら初めて悔しがる権利が発生する。ノーも言えなければ、自己主張もできない睦月には、土井と御子柴に挟まれたこの席がお似合いなのだ。……いやそれは土井と御子柴に失礼だ。こうして構ってもらえているだけで、身に余る光栄だというのに。

　睦月はひとまず目の前のスイーツに集中することにした。このところ食べ歩きは焼き菓子が続いていたので、生ケーキの華やかさに目を奪われる。

　カラフルなフルーツに彩られたタルト、生クリームたっぷりのショートケーキ、配合や製法が違う三種類のチーズケーキ、どれもおいしかった。しかし睦月が食べられる数には所詮限界がある。先輩たちも当初とは違って睦月の胃袋のサイズを知っているので、からかいつつも無理強いはしてこない。

底なしの胃袋を持つ先輩たちと、キャッキャと盛り上がる沢渡及び川久保を眺めているうちに手持ち無沙汰になり、睦月はトイレに立った。

場所柄、女子トイレ前には列ができていたが、男子トイレは無人だった。鏡に映った辛気臭い顔から視線を逸らして、手を洗う。俺は一体何を悶々としているのだろう。川久保の親友の座を沢渡に奪われかかっていることに臍を曲げているのだろうか。

「また食いすぎか？」

背後から不意に声をかけられてドキリとする。顔をあげると鏡の中に川久保の姿があった。心配して覗きにきてくれたのかと思うと、つまらないやきもちをやいていたことが恥ずかしくなった。友達に人数制限はないのだから、川久保と沢渡が仲良くなったからといって、自分との縁が切れるわけではないのに。

「大丈夫、今回はちゃんと胃袋と相談して食べてるから」

「さちこも少しは成長したんだな」

川久保はちょっと意地悪げに微笑む。用を足すそぶりもなく、睦月の背後でドアに凭れている様子からして、やはり単純に様子を見に来てくれたらしい。

「ごめんね、気を使わせちゃって」

睦月は洗面台で手の水滴を払って、ドアに向かった。先に出て行くと思った川久保は、睦月が目の前に来ても、半開きのドアを肩で押さえるようにしたままそこに立っている。

どうしたのかと問いかけようとした睦月の方に川久保の身体が傾いできて、ナチュラルにチュッとキスされた。

ぶわっと顔に血の気がのぼる。

なんでこのタイミングでキス？　今そういう流れになる場面だったか？

直前のやりとりをくるくると思い返してみる。もしかして、俺が気を使わせたから、キスの支払いが発生した？　そうか、それなら納得……なわけがなく、そもそも俺なんかとのキスがお礼になるっていう最初の設定からしておかしくないか？

川久保はやさしいから、いちいち俺が負い目を感じないように「キスで帳消し」っていう設定にしてくれているのではないだろうか。そうだ、そうに違いない。

「戻ろうか」

何ごともなかったように川久保はドアを開け、先に立って出て行った。その背中を追いながら、睦月は自分の唇をそっと指で辿った。川久保の方に大した意味はなくても、睦月はキスされるたびにおかしな気分になってしまう。

テーブルに戻ると、沢渡の席が空いていた。

「あれ、沢渡は？」

「電話で中座したわ。その辺にいなかった？」

そんなやりとりをしている間に、本人が戻ってきた。

「そこ、俺の席なんだけど！」

沢渡は椅子の背後に立っていた睦月をシッシッと追い払い、川久保の隣に腰を下ろす。

引き続きスイーツタイムを楽しむ一同を横目に、睦月は川久保の顔をチラ見してはそわそわするのだった。


そわそわ感は日ごとに強くなっていった。川久保と一緒にいると、また不意にキスされるのではないかと緊張して身構えてしまう。嫌だという意味ではない。むしろ期待して待ちかまえている自分がいて、わけがわからなくなる。

川久保はゲイだけれど、自分とは親友になってもいいと言ってくれたのだ。キスだって、何かと面倒をかけていることを睦月が負い目に感じないよう、友人としての温情でしてくれているだけのこと。だからそわそわしたりドキドキしたりするのは川久保に対する冒瀆（ぼうとく）だ。

しかし寡黙（かもく）で基本無表情な川久保が、たまに睦月の他愛（たわい）もない話にふっと笑ったりすると、身体の芯（しん）が甘くよじれて、友達に対してこんな甘酸っぱさを覚えるのは不適切なことではないかとうしろめたい気持ちになった。

　そんなふうに思ってはいけないと思えば思うほど、却って意識してしまう。今も目の前で学食のＡランチを食べている川久保の、箸を持つ手の甲に浮いた骨の形とか、右目の下にあるほくろとか、細々したパーツのひとつひとつがやけに目について、冷やしたぬきうどんを食べる手が止まってしまう。

　睦月のまとわりつくような視線に気付いてか、川久保が顔をあげた。

「何？」

「あ、ううん、なんでもない」

　視線の意味を問われて口ごもる自分は気持ち悪いやつだと思う。これがもし沢渡だったら「川久保の手ってちょーかっこいいよね！」とか、「目の横のほくろ、なんかエロくね？」とか天真爛漫に口にしているだろう。

　その沢渡は、今日はまだ学食に来ていなかった。そのことにほっとしている自分にも、なんだか嫌な気持ちになる。

「ねえ、今日学科の女子でごはん食べに行く話が出てるんだけど、二人も一緒に行かない？」

はす向かいに座った陽菜が、『男子誘わない？』『川久保くん希望』などと表示されたＬＩＮＥの画面をこちらに向けてくる。

「パス」

川久保はそっけなく言って、食べ終えたトレーを手に立ちあがりながら睦月の方を見る。

「学生課に用があるから、先に行ってる」

「うん」

川久保に見惚(みと)れていたせいでほとんど手つかずだったうどんを、睦月は慌てて啜(すす)りこんだ。

「川久保くんてイケメンなのに女子に冷たいよねー。なんでだろう」

なぜって、それはゲイだから。などとはもちろん言えない。

「女子だけじゃなくて、男にもそっけないよ。性格じゃないかな」

「まあそうかもしれないけど」

陽菜がスマホの操作に気を取られているあいだに、睦月もそそくさと席を立つ。

学食の入り口で、沢渡と鉢合(はちあ)わせた。

「あれ、もう食べたの？　川久保は？」

「食べ終わって、先に行ったよ」

「ふーん」

そのまますれ違おうとしたが、沢渡はなぜか睦月についてきた。

川久保と待ち合わせをしているわけではなかったが、次の講義も一緒なのでどこかで合流するだろうと思いながら、中庭を横切る。川久保に何度かキスされた木の陰に差し掛かると、また胸がそわそわしてくる。

「……キスしてたよな」

まさにその木の真下でぼそっと沢渡に言われて、睦月は「ひっ」と飛びのきそうになった。

「え？　あの……」

「とぼけてもダメだよ。ちゃんと見ちゃったんだから。この前、ケーキバイキングに行った日、トイレで」

ああ、ここじゃなくてそっちの件ね。……とほっとするわけもなく、咄嗟に声も出ぬまま沢渡を見つめ返す。ずいっと距離を詰められて、睦月は欅の木に背中を押しつける。

沢渡はからかうような蔑むような底意地の悪い笑みで睦月をねめつけてきた。

「おまえら、まさか男同士でつきあってるの？」

睦月は動揺して視線を泳がせながら、その表情と質問の真意を探るべく思考をフル稼働させた。日頃の言動からして、沢渡が川久保に好意を持っているのは確かだと思うが、その好意がどういう意味のものなのかがわからない。恋愛的なものならばお似合いの二人でハッピーエンドという展開だが、もしも単なる友情に過ぎないとしたら話は違ってくる。天真爛漫で小悪魔的気質の沢渡は、川久保がゲイだと知ったら、面白おかしく吹聴するのではないか。

川久保が自分でカミングアウトするならともかく、噂が一人歩きするのは絶対ダメだと思った。

全面否定しようにも、現場を見られている。とにかく川久保の名誉を守らなければと、睦月は話をでっちあげる。

「あれは、俺が拝み倒してしてもらっただけで、つきあってるとかそういうことじゃないんだ。川久保は嫌々しただけで、その、」

「は？　なにそれ。……つまり小嶋が川久保に恋愛感情を抱いてるってこと？」

えっ、恋愛感情？　改めて言葉にされると激しく動揺する。

いや、実際にそうかどうかってことじゃなくて、ここは川久保の名誉を守るために肯定して……ってでも、俺が恋愛感情を打ち明けてキスしてもらったっていう設定にすると、やっぱ両想いみたいな誤解を招かないか？

ここはとにかく川久保の名誉を守ることを最優先にしなければ。

「えっと、あの、別に川久保が特別どうこうっていうわけじゃなくて、一度男とキスしてみたかったっていうか、なんていうか」

場あたり的にでっちあげる作り話は、どんどんおかしな様相を呈していく。沢渡は唖然とした顔になった。

「なんだよそれ。小嶋って淫乱？　しかも男限定？　ちょーキモイんですけど」

「いや、」

「つかそんな欲求満たすために、川久保を道具に使ったんだ。サイテーだな」

「あの、」

「そんなに飢えてるんだったら、俺がしてやろうか？」

「はい？」

「男とチューしたいんだろ？」

いきなり腕をつかまれて、欅の幹にはりつけにされる。体格的には睦月の方が若干上背があるが、火事場の馬鹿力的展開で、ねじ伏せられ、唇を奪われた。

「…………‼」

何これどういう状況⁉　ぐにゅぐにゅと唇を押しつけられ、ぞわっと身の毛がよだつ。思わず股間に蹴りを入れそうになったが、すんでのところで思いとどまる。

男とキスをしたいというのは自分で設定したキャラクターだ。ここで拒んだりしたら、やっぱり川久保限定だろうという話になって、川久保に累が及びかねない。世界一かっこよくて、無愛想だけれど親切な川久保の名誉だけは、なんとしても守りたかった。

睦月はぎゅっと目を閉じて、不本意な状況に身を委ねる。いつも乾いている川久保の唇とは違って、沢渡の唇は妙に潤って弾力があった。

なにこれいじめ？　嫌がらせ？　それともまさか、沢渡が好きなのは俺だったとかいう予想外な展開？

さすがにもう耐えられないと思ったとき、いきなりスカッと沢渡の唇が離れた。唇どころか、閉じた瞼越しに覆いかぶさっていたその影さえ消えた。そっと目を開くと、芝生の上に沢渡が

尻もちをついている。その傍らに、腕組みした川久保が立っていた。

「……痛ってーな。いきなりなにするんだよ」

引き倒されたらしい沢渡が、頬を紅潮させて川久保をねめつけている。

「こっちが訊きたいよ。なにやってんだよ、おまえは」

「なにって小嶋とチューしてたんだけど？」

沢渡は居直った様子で堂々と返した。

「小嶋って、男とヤりたくてたまんない淫乱なんだよ」

ね？　とニヤニヤ同意を求められて、睦月は答えに詰まった。自らが提示したキャラクターなので否定もできないが、川久保の前で淫乱設定はさすがにいたたまれないものがある。

「せっかく合意の上で楽しんでたのに、いきなりヒーローぶったやつが現れて台無しだよな」

沢渡は立ち上がると、服についた芝生をパタパタと払い落とした。

「今度は邪魔者が来ないところで楽しもうね」

沢渡は睦月にエアキスを飛ばし、川久保にベーっと舌を出して、立ち去って行った。

妙に気まずい空気が、人気のない中庭を支配する。

「あの、ご……」

口癖でつい「ごめん」と言いそうになって押しとどまる。キスの現場を目撃されて「ごめん」というのも考えてみれば思いあがった話ではないか。川久保には謝られる筋合いなどないだろう。だからといって「ありがとう」というのもおかしい。自分が播いた種なのに、被害者を装うようないやらしさがある。

悄然と立ち尽くしている睦月を、川久保は冷ややかに見つめてきた。

「おまえって、ああいうこと、誰にでもさせるの？」

違う！　と即答したかったけれど、言葉は喉にひっかかって出てこなかった。川久保の名誉を守りたくて、咄嗟に話をでっちあげているうちにおかしな流れになってしまったのだが、それを説明するには、なぜそうまでして川久保を庇おうとしたのかを話さなければならない気がする。

なぜって、川久保が好きだから。想いを寄せる相手が、あることないこと言われるのを防ぎたかったから。

そうだよ、考えてみれば結構前から恋愛感情だった。気付かないふりをしていただけで。

それらすべてをきちんと説明するには、睦月は動揺しすぎていた。自覚したばかりの気持ちは睦月の手に余るものだった。

「とりあえず無理矢理乱暴なことをされてたわけじゃないんだな？」

睦月の顔や、沢渡につかまれていた手首などに視線を走らせながら、川久保が確認してくる。

頷いてみせると、川久保は意味深げなため息をついた。

「おまえがノーって言えないのはよく知ってる。でも、こんなことまで来るもの拒まずっていいうのは引くよ」

息を吸い込んだ自分の喉がひゅーっと小さな音を立てるのが聞こえた。急に空気が薄くなったような気がする。川久保に引かれた。軽蔑(けいべつ)された。

「俺にキスさせてたのも、ノーって言えなかったからか？　そういうのだったら、俺は金輪際(こんりんざい)いらないから」

ばっさりと切って捨てるように言って、川久保は校舎の方へと去って行った。

引く。

金輪際いらない。

切れ味のいい言葉の破片が睦月の胸に突き刺さり、ショックのあまり欅の根元にへたり込む。

川久保に嫌われた。見捨てられた。俺、もう生きていけない。

年甲斐(としがい)もなくえぐえぐ泣きじゃくりそうになりながら、川久保の言葉を頭の中で反芻(はんすう)する。

そういうのだったら、いらないから。

そういうのだったら、いらないから？

え？　と両手で頭を押さえる。そういうのだったらいらない？　ってことは、そういうのじゃなかったらいるってこと？　っていうか今までのはそういうのじゃなかったってこと？

え？

えー!?

ここに至って初めて、川久保のキスは好意のこもったキスだったのかもしれないと気付き、睦月は小虫が飛びこんでくるまで芝生の上で半口を開けて呆然としていた。

川久保は俺に好意を持ってくれてたってこと？　キスしたいような意味で？

しかも、沢渡にキスされるというショック療法により、睦月がキスしたい相手も川久保オンリーだということを自覚した。これってまさかの両想い!?

ありえない僥倖に気付いた睦月だが、単純に喜べない。だってどうしたらいいかわからないのだ。

子供のころからもめごとが嫌いで、父親のお土産だって、姉と妹が先に取って、残りを睦月がもらうという生き方をしてきた。自分から欲しいものを取りに行ったことがないから、何をどうすればいいのかわからない。

しかも、川久保にはすでに愛想をつかされてしまった。軽蔑されたとたんに気持ちに気付くなんて、自分でも呆れる愚鈍さで、もはや泣けばいいのか笑えばいいのかわからなかった。

9

眠れぬ一夜を過ごした翌日、睦月は川久保と顔を合わせるのが気まずくて、講義が始まるギリギリに教室に飛び込み、終わったとたんに飛び出すということを毎時間繰り返した。昼前最後の講義が終了し、ダッシュで教室を出ようとしたとき、沢渡につかまった。

「ちょっと顔貸して」

沢渡もどことなく寝不足気味な顔をしている。あの女の子のようにぷくぷくした唇にキスされたのかと思うと、背筋がムズムズしたが、川久保のときのような胸のそわそわ感は皆無だった。

あのそわそわが恋愛感情だって、なんで気付かなかったのだろうと、自分のうかつさに今更ながら呆れてしまう。

ひとけのない建物の北側に連行されながら、また嫌がらせで襲われたらどうしよう、今日はさすがに抵抗しなくては……と身構えていると、沢渡に鼻で笑われてしまった。

「そんなビクビクしなくても、なんもしねえよ。昨日だってやりたくてやったわけじゃねえし」

嫌そうに言われて、ちょっと理不尽な気持ちになる。やりたくないならなぜあんなことをしてきたのだ？

無言の視線で何か語ってしまったのか、沢渡は決まり悪そうに口を尖らせた。

「だってさ、おまえが川久保とチューしたんだと思ったら、なんか悔しくって。川久保のエキスまで全部舐めとってやれって思って」

川久保のエキス⁉

思わぬ単語に驚愕していると、沢渡は開き直ったようにまくしたててきた。

「そうだよ、俺は川久保が好きなんだよっ！　驚いたか！」

全然驚きはしない。そうに違いないと思っていた。それなのに昨日わかりづらい言動をとってくるものだから、睦月の方もあれこれ邪推しておかしなことを言ってしまったのだ。

無言の睦月をどう思ったのか、沢渡は逆毛を立ててフーフー怒るような態度を徐々にゆるめ、上目遣いに睦月を窺い見てきた。

「……ごめん、昨日は悪かったよ」

よもやあの沢渡に謝られる日が来ようとは、夢にも思わなかった。拍子抜けして睦月もおどおどと詫びる。

「いや、あの、こっちこそ変なこと言っちゃって……」

「そう！　そうだよな？　おまえがなんかわけわかんないこと言い出すから、ああいうことになったってのもあるよな?」

いかにも沢渡らしい変わり身の早さで再び強気になり、ずいっと間合いを詰めてきた。

「でさ、小嶋にお願いがあるんだけど。俺と川久保を取り持ってくれない?」

「え?」

「頼むよ。正直、昨日の一件で気まずくて、話しかけられずにいるんだ。俺の気持ちをさり気なーく川久保に伝えてくれないかな?」

懇願する目で見つめられて、たじたじとなる。

「えと、あの、」

「恥を捨てて頼んでるんだ。こんなこと、小嶋にしか頼めないじゃん? なんとかいい感じに取り持ってよ。ね? ね?」

「それは、あの、」

「お願い!」

生まれてこのかた、ノーと言ったことがない睦月である。しかもあの沢渡が睦月に謝罪したうえ、こんなに一生懸命懇願しているのだ。断れるはずがない。断っていいはずがない。

ノーと言えない自分は、流されるままに受け入れるしかないのだ。そして受け入れたからには潔く川久保への気持ちを諦めなくてはいけない。そもそも、自覚したばかりのほやほやの気持ちなのだ。諦めるのなんて簡単なはずだ。

わかったよ。そう言ったつもりだったが、意に反して声が出なかった。睦月の口元を見て、沢渡が怪訝そうに眉をひそめる。

「それなに？　声が遅れて聞こえてくるやつ？」

いや、違います。

今度こそちゃんと言うんだと意気込んで開いた口からは、しかし全然違う言葉が転がり出ていた。

「ごめん、無理！」

「え？」

あまりにきっぱりとした拒絶に、沢渡がぽかんとなる。睦月も驚いてしばし呆然とした。自分が発した言葉が、何度も何度も頭の中で響き渡る。

そう、無理。無理だった。一生ノーと言えずに生きて行くのだと思っていたけれど、これぱっかりは無理なのだ。

「ごめん、でも無理なんだ。川久保は俺のだから！」

「はぁ？　いつ小嶋のものになったんだよ」

「いや、なってないかもしれないけど、でも絶対誰にも譲れないし、川久保が嫌だって言っても俺は川久保が好きだし、だから絶対ダメなんだ。ホントにごめん！」

今までノーと言ってこなかった反動か、やたらめったらごり押しで強引なノーを連発し、そんな自分に唖然とする。

　面食らった顔で黙り込む沢渡にもう一度「ごめん！」と深く頭を下げて、そのままくるりと踵を返して立ち去る。いや立ち去るつもりだった。

「ぶっ！」

　一歩踏み出したとたん、なにかにぶつかって跳ね返される。顔をあげたら川久保が立っていた。

「§×ΣΠΨ――‼」

　言葉にならない悲鳴が喉からこぼれ出す。

　聞かれた！　川久保に‼

　ぶわっと汗が噴き出して、顔が真っ赤になるのがわかった。

　反対方向に全力疾走してみたが、五秒で追いつかれた。

「なんで逃げるんだよ」

「いや、あの、ほら、学食が混んじゃうし」

「ダッシュするほど腹が減ってるのか」

　淡々と聞き返してくる川久保の声が、心なしか笑いを含んでいる。

「……川久保、なんでここにいるの？」

「教室から、おまえが沢渡に連行されていくのが見えたから」

うわぁ。やっぱ一部始終を聞かれていたのだと、改めて顔から火が出る思いだった。

「ほら、行くぞ」

腕を引っ張られて学食の方へ連行される。空腹を訴(うった)えてみたものの、動揺のあまり水一滴飲めそうになかった。

しかし川久保は学食の横を素通りして、構内をまっすぐ正門に向かって突っ切って行く。

「ど、どこに行くの？」

「うち」

「え、なんで？　ていうか午後の講義は？」

「たまにはいいだろう。それとも沢渡に代返頼むか？」

川久保にしては珍しい冗談にも笑い返すだけの余裕がなく、そのまま川久保のアパートまで引っ張って行かれた。

部屋に入ると、川久保はなぜかよしよしと頭を撫(な)でてくれた。

「ノーって言えるんじゃん」

「自分でも驚いた。……あの、ごめんね、勝手に川久保は俺のだとか言って」

「は？」

「いや、あの、気が動転してあることないこと口走っちゃって。……俺が川久保を、すっ、好きなのは本当だけど、川久保が嫌だったら、あの、全然……イテっ」

撫でていた手で今度はペコっと頭を叩かれ、呆れきった顔で睨まれた。

「おまえバカ？　つきあってるのになんで嫌とか思うんだよ？」

「ごめ………は？　つきあってる？」

何の聞き間違いかと思い問い返すと、川久保はさらに不機嫌そうな顔になった。

「おまえがコクって来たんだろう、仲良くなりたいって。最初は友達からって」

「……言った。言ったけど、それは本当に友達っていう意味で……」

「俺が友達以上でもいいって言ったら、嬉しそうにしてたじゃねえかよ」

「そ、それは『親友』ってことだよね？」

「はぁ？　どんだけ天然なんだよ。あの空気で友達以上って言ったら、普通は恋愛的なもんだろうが」

えーっ!?

「だ、だって、俺みたいな優柔不断でぱっとしないやつを、まさかそういう意味で川久保が好きになってくれるとか思わないし……」

「天然を通り越して愚鈍だな、おまえは。俺はコクられた時から積極的に意思表示をしただろう。ベッドにも誘ったし」

そう言ってハイベッドを指差してみせる。

ベッドに誘った？

……まさか。

あのときの「上、行くか？」という言葉は、友達から親友にランクアップするという意味の「上」ではなく、いきなりのベッドへの誘いだったと!?

「なにかの隠喩だとばっかり」

川久保は呆れ果てた様子でため息をついた。

「じゃ、キスは？　あんだけキスされておいて、それでも友達だと思ってたわけ？」

「だって川久保が最初に『お礼』って言ったから、いつも手間掛けさせてる見返りのキスなのかなって……」

「よくもそこまでおかしな方向に考えられるな。アホ過ぎる」

「ごめん……」

「だいたい、おまえのへったくそなキスに謝礼に値するほどの価値があるのか？　謙虚を通りこして思いあがりの域に達してるっていう、珍しい芸風だな」

容赦ない指摘に、恥ずかしさで耳が焼け焦げそうになる。

「だよね。俺もそうは思ったんだけど、でもそうとでも思わないと説明がつかないっていうか……」

「まあ、俺には充分価値があったけど」

ぼそっと川久保が言い添える。

え、と問い返そうとした声は、川久保の唇に飲みこまれていた。

キスは優しく情熱的だった。これが両想いのキスなのかと思うと、一気に体温があがった。

「今日こそ、上に行くよな?」

川久保に有無を言わさぬ色っぽい声で誘われて、睦月は視線を泳がせた。川久保の気持ちが自分にあると知ったことは信じがたい喜びだが、急展開すぎて状況がうまく飲みこめていないのも事実だった。

愚鈍だアホだと呆れられた点についてはその通りだと思うが、自分たちが「つきあっている」ことに気付いていなかったのは百パーセント睦月の愚鈍さのせいなのだろうか?

「なに?」

もの思わしげに見えたのか、川久保が眉根を寄せて訊ねてくる。

「あの、なんか実感がわかなくて。確かに俺も大概鈍いのかもしれないけど、川久保に、そういう意味で好感を持ってもらってたっていうのがわからなかったし」

「あんだけキスしたのに?」

呆れ果てたように返されると、やっぱりすべては自分の鈍さが原因なのかなと思う。

中庭で交わしたキスも、川久保の部屋での濃厚なキスも、ホテルのトイレでの触れるだけのキスも、すべて気持ちのこもったキスだったのかと思うと、いまさらながら身体がよじれるような感覚に襲われる。

「まあでも、俺も言葉が足りなかったかもな。姉貴たちにもよく言われるんだ。何考えてるかわからないって」

川久保は睦月の髪をさらさらと指先で弄(もてあそ)びながら、無表情のまま言った。

「小嶋に『きゃわくぼきゅん』って言われたときにはもう好きだったのかも」

「え」

「いつもやたらテンパってて、無駄に責任感が強いとことか、なんか嗜虐心(しぎゃくしん)をそそるっていうか。イラッとくるけどめちゃくちゃにしたいっていうか」

「あ、あの……」

思わず身の危険を感じてあとずさろうとしたが、川久保の腕の中に抱きこまれてしまう。

「なに逃げてんだよ」

「だ、だって」

「おまえがわかりにくいって言うから、俺の心理をつぶさに教えてやってんだろ」

「ごめん」

「小嶋も教えてよ。俺のどこが好き?」

ベッドにのぼるための梯子(はしご)に背中を押しつけられて、耳たぶに唇を寄せながら囁(ささや)かれ、睦月はぶるっと身を震わせた。

「あ、あの、親切だなって。色々助けてもらって……」

「そんだけ?」

色っぽい視線で見下ろされて、睦月は魔法にかかったように白状させられてしまう。

「……俺と違って男前でかっこいいなって憧れてて、あんまり喋んなくて最初は怖い人かと思ったけど、一緒にいるとなんか居心地よくて、黙ってても沈黙が重くなくて、手の形がきれいだなとか、目の下のほくろが色っぽいなとか、あの、色々、その、」

「つまり俺の全部が好きなんだな」

そんな自信満々ぽい言い方をされても、嫌な感じはひとつもせず、むしろどきどきして、操られるように頷いてしまった。

「セックスしたいくらい好き?」

しかし露骨な単語を持ちだされると、パニクってあわあわと口ごもってしまう。

「なんだよ。嫌なのかよ」

「嫌とかじゃなくて、あの、正直、わかんないんだ。経験ないし、男同士だし、」

「じゃ、試してみればいいじゃん」

「いや、あの、」

「小嶋のくせにノーって言うの?」

川久保はからかい顔で睦月の鼻の頭にキスを落とした。

「おまえは断らない。で、受け入れたことはポジティブに楽しむ。そういう性格だよな?」

暗示をかけるようにそう言われ、ぐいぐいとベッドの上に追いやられてしまった。

圧迫感のある空間で川久保にのしかかられると、胸の中の子ネズミが激しく暴れ回った。

「……んっ……ふぅ……」

官能的なくちづけで声を封じられながら、川久保の手が躊躇(ためら)いなく睦月のシャツをはだけ、Tシャツをたくしあげてくる。大きな手のひらが肌(はだ)を上下し、肌のざわつきに誘われて尖(とが)った胸の先端を爪でひっかかれ、弾(はじ)かれた。

「やっ、待って、それやだ」

「なんでやなの?」

「ぞわぞわって、へんな感じする」

「へんな感じじゃなくて、気持ちいいって言うんだよ」

「やだって、そこっ」

「なんだよ。ここがイヤなら、いきなりこっちにいった方がいいのか?」

手のひらが胸からへそへと滑(すべ)り下(お)り、ボトムスのファスナーを下ろす。狭(せま)い隙間から、川久保の骨ばった指先が忍び込んでくる。下着越しに爪で軽く下腹部に触られただけで腰がびくっと跳ね、睦月は川久保の胸に両手をつっぱった。

「や、ちょっ、ダメ、待って……」

「そんなにヤダヤダ言えるなら、その能力を普段に使えよ」

呆れ笑いを含んだ声で言うと、川久保はボトムスのボタンも外して下着ごと引き抜いた。

「ひゃっ」

真昼の室内は健全な日の光に満ち溢れている。川久保の眼前に貧相な下半身を晒しているのかと思うと、居たたまれなさで失神しそうだった。睦月は両手で局部を隠してずり上がる。

「そこまで恥ずかしがることじゃないだろう、男同士で」

「……男同士だからこそ恥ずかしいってこともあるだろ」

「なんで？　サイズ的な問題？」

「ぎゃーっ」

いきなり両脚を割られて、声が裏返る。

「まあギリギリ標準の範囲内に入ってると思うから、安心しろ」

……ギリギリ？　しかも曖昧？

「ど、どうせどこもかしこも貧相だしっ」

「むしろ俺よりデカかったら衝撃なんだけど。……つか色、エロいな」

無表情のまましみじみ言われて、発火レベルで顔が熱くなる。

「やっぱヤダ！　無理！　また今度にする！」

睦月は脚にかかった川久保の手を振りほどき、起き上がろうとしたが、ハイベッドは案外身動きならない空間だということを思い知る。天井は低いし、転がり落ちるにはちょっと怖いくらいの高さがある。

「マジでこういう時だけ人格変わるんだな、小嶋」

川久保は感心したように言い、易々と睦月を身体の下に巻き込んだ。

剥き出しの下半身が、川久保の身体に圧迫される。ジーンズ越しに、川久保のものが硬くなっているのを感じて、心臓がバックンと跳ねる。

「普段ノーって言わないやつにこうも拒まれると、なんか興奮してヘンなスイッチ入るよな」

どんなスイッチが入ったのかは、その後すぐに身をもって知った。

川久保は睦月が嫌がる場所ばかり、執拗にいじり回した。胸の突起をつまんだり舐めたり延々されるうちに、快楽に不慣れな睦月は下半身を濡らしてしまい、男の身でありながらそんなところで感じてしまった衝撃に打ちふるえているうちに、『ギリギリ標準サイズと思われるもの』に躊躇いもなく舌を這わされ、更なる衝撃と羞恥でじたばたと身をよじった。

「なっ、なにしてるんだよ！」

「フェラ」

「ち、ちがくてっ」

「違わねえよ。まごうことなきフェラチオだ」

男らしくストイックに整った口もとから淫靡な単語を連呼され、睦月は本当に失神しそうだった。

「そういう意味じゃなくて……ひっ……」

男同士はもちろんのこと、女の子ともキス以上の経験のない睦月にとって、そんな愛撫は風俗店や過激なＡＶの中でのみ行われることだと思っていた。今まで誰にも触られたことのない場所を舐めまわされるという、しかも舐めまわしているのが川久保だという信じられない事実に、天井が回る。

睦月が想像していたセックスという行為は、淡いベールに包まれた神聖でめくるめくものだった。その手の雑誌や映像を見ると生々しさにぎょっとして、あんな恥ずかしいことが自分にできるのだろうかとビビりつつも、実際にその場に臨めば、快楽と至福で羞恥など忘れて没頭してしまえるのだろうと想像していた。

しかし現実は仮想の百万倍生々しい。リアルに感じる体温、吐息。その快楽も想像以上なら、羞恥はさらに想像を超えるものがあった。

好きな相手の前で半裸のおかしな格好を晒し、大股開きにさせられて、『ギリギリ標準サイズのもの』を凝視されていじくりまわされ、舐めまわされるなんてことが、日常生活にあっていいのだろうか。精一杯とりつくろっても到底かっこいいとは言い難い人間なのに、こんな無様な姿を晒してヘンな声をあげて、セックスってこんなに恥ずかしいことだったのか？

「もうやだ、無理っ」

興奮に舌をからめられ、吸い上げられ、睦月は半泣きで訴えた。そんな睦月に見せつけるか

のように、川久保はゆっくりと舌を動かして、ぬめった音を響かせる。

「でも、ここは全然ヤダっていってないけど？」

欲情でパンパンになったものを爪の先でピンと弾かれて、睦月はヒッとしゃくりあげた。

「……っ人格変わってるのは、川久保の方じゃん。エロいことばっか言って」

「こんなの、エロいうちに入んねえよ。……エロい俺は嫌いか？」

いっそ嫌いなら、この無様な姿を晒すのにここまで羞恥を煽（あお）られないだろう。

「……嫌いなわけないの、知ってるくせに。あ、あっ、もう舐めないで！　融（と）けちゃうからっ」

川久保の熱を帯びた舌に執拗に舐めまわされて、睦月の興奮は本当にとろとろと融け出してしまいそうだつた。

「融けちゃえよ」

「ヤダ、俺ばっかり恥ずかしいのは、ヤダから、川久保も一緒に……」

川久保は動きを止めて顔をあげた。いつも表情の薄い顔を、欲情の陰りが色っぽくより男前にみせている。

「さちこのくせにおねだりかよ」

笑いを含んだ声で言って、自らのジーンズの前立てを寛（くつろ）げる。そこから露出（ろしゅつ）したものを凝視できずに睦月は目を泳がせる。それも自分が播いた種かと思うと、パニクってしまう。

「ねだってないしっ！　こんなときにさちこはバナナが半分しか食べられないとか言うなよ！」

川久保は一瞬沈黙したのち、ぶっと噴きだした。

「そっちこそこんなときに笑わせるなよ。力が抜けるだろ」

ぐりっと太腿(ふともも)に大きなものをこすりつけられて、睦月はヒッとずりあがる。

「ご、ごめん、あの、冗談じゃなくて、半分も無理、無理っ、あの、」

「わかったから。いきなり突っ込んだりしねえよ。そういうのは、準備万端整えて楽しもうな？」

あやすように囁いて、川久保は自分のものを睦月の興奮にこすりつけてきた。

「あっ、あ……ふっぁ……っ」

一気に快楽が高まったのは、物理的な刺激のせいばかりではなかった。自分の無様な格好を見て、川久保が萎(な)えるどころかこんなふうに興奮してくれていることや、お互いの昂(たかぶ)りをリアルに感じ合うことに、身体だけではなくて心や脳が興奮する。

そうだよ、滑稽(こっけい)で恥ずかしいのは俺だけじゃない。こんな貧相な男の身体に興奮して局部を露出させて腰を振っている川久保だって滑稽じゃないか。そう思ったら、ちょっと気が楽になった。

実際にはどんな格好でどんな動きをしていても川久保はかっこよかったけれど、睦月は敢(あ)えて目をつぶってかっこいい川久保を見ないようにして、この場は自分の恥ずかしい興奮に素直に身を委(ゆだ)ねることにしたのだった。

10

「ちょっと沢渡ちゃん、何作ってんのよ！」

御子柴が両手を頬にあてて顔をしかめ、沢渡に非難の視線を向ける。

「なにって、見ての通りアゲハの幼虫です」

「ギャーッ」

練りきりの生地で作ったリアルな芋虫をつきつけられて、御子柴はガラスが振動するような悲鳴をあげる。

「そんなもの作るなんて、食べ物に対するボートクよ、ボートク！」

「なんでですか。季節の虫を模るって、日本の伝統芸でしょ」

「だからってなんで芋虫なのよっ！　情緒に問題があるんじゃないの⁉」

御子柴のツッコミに、沢渡の隣に座った睦月はドキリとする。沢渡の情緒に問題が発生したとすれば、原因は自分にあるのではないかと申し訳ない気持ちで、芋虫の触角をリアルに再現している沢渡を見やった。

本日のスイーツ研究会の催しは、和菓子作りだった。便利なもので、上生菓子用の練りきり生地を製菓材料店の通販で売っているらしい。それで好みの形を作る、粘土遊びのようなものだ。

昨日、川久保と愛を確かめ合ったのち、ふと我に返って、置き去りにしてしまった沢渡のことを思い出して青ざめた。

謝らなければと朝から何度も声をかけているのだが、無視されて口もきいてもらえない。結局こうしてサークル活動の時間まで持ち越しとなってしまった。

練りきり生地を手の中でぐるぐる丸めながら様子を窺っていると、沢渡が鬱陶しそうにこっちを向いた。

「……なんだよ。俺の芋虫が食べたいのかよ」

「いや、あの、昨日はごめん」

やっと口をきいてくれた今だとばかりに一息に謝罪すると、沢渡は下唇を突きだして軽蔑するように睦月を横目で見やった。

「結局、川久保とうまいこといったわけ?」

「……ごめん」

「やな感じ。なに、ごめんって。上から目線で俺を哀れんでるわけ?」

「まさか。ヘンなタイミングでバタバタしちゃったから、それでごめんって」

沢渡は当てつけるようにはーっとため息をついて、不機嫌そうに言った。

「俺の必死のお願いも無視して、川久保とくっつくなんて、チョー最低だよな」

「ごめん」

「だから謝るんじゃねえよ。むしろあそこで川久保とのことを隠して、いつものイエスマンで取り持たれる方が腹立つっつーの」

何を言っても不機嫌な沢渡にびくびくしつつ、しかしその発言の意味を咀嚼すれば、別に非難されているわけでもないらしい。

やっぱり憎めないかわいげのある男だと思う。俺が川久保だったら、絶対に沢渡の方に魅力を感じるところだけど。

「ちょっとそこ、何を喧々言い合ってるのよ」

ぼそぼそやりとりする睦月と沢渡の会話に、御子柴が割り込んでくる。

睦月が口を開く前に、沢渡が部室の外まで響き渡るような大声で言った。

「知ってます？　川久保と小嶋ってデキてるんですよ」

「…………!!」

思わず言葉を失う睦月を見て、沢渡は「ザマミロ」という底意地の悪い顔で笑った。先輩たちの視線が一斉に睦月に集まる。

「うっそー！　マジ？」

「いや、あの……」

「マジです」

咄嗟に言い訳しようとした睦月より先に、川久保が平然と言い放った。

今度は全員の視線が川久保に注がれる。沢渡がチッと腹立たしげに舌打ちをした。

「だから先輩方もさちこに手を出さないでくださいよ」

出すかよ、頼まれても無理、といった呟きがあがったが、意外にもみんな苦笑いで、取り立てて嫌悪やどん引きという反応ではなかった。御子柴だけが目を輝かせてハイテンションになっている。

「ちょっとやだーっ♡　そうなの？　涼しい顔して、むっちゃんにアンタのバナナを食べさせちゃってるわけ？」

御子柴のお下劣な比喩を非難できる立場にない睦月がおろおろしていると、川久保は表情ひとつ変えずに返す。

「いや、さちこが半分でも無理っていうから、まだ食わせてないです」

「いやーっ♡」

ハイテンションな御子柴に、沢渡が白い目を向ける。

「俺の芋虫を非難する前に、ミコちゃんさんもお下劣に盛り上がってないで、さっさと自分のを作ったらどうですか」

「わかってるわよ！　いちいち生意気な子ね。はぁ～それにしも川久保とむっちゃんがねぇ～」

　ニヤニヤ冷やかされ、睦月は赤面しながら手の中の生地をこねくり回す。それを見て、沢渡が嫌そうに眉をひそめた。

「考えてみれば練りきりってキモくね？　素手でこねくりまわしたやつをそのまま食うんだろ？　おまえがさっきから汗ばんだ手でいじくりまわしてるやつとか、絶対食いたくないし」

　うわー、嫌われてるなと身を縮めていると、川久保の手が伸びてきて、練りきり生地を持った睦月の手を引き寄せた。

「じゃ、俺がもらう」

　睦月の手から、直に生地に歯を立てる。

　ヒーとかぎゃーとかいう声が部室じゅうからあがり、睦月も思わず羞恥で顔に血をのぼらせた。

　川久保はクールでストイックな外見に似合わず、恥を恥とも思わないちょっとずれたところがあるらしい。

　恥ずかしすぎて燃え尽きてしまいそうだったが、まだ恋もサークル活動も始まったばかりだ。この先の展開を思うと十回くらい羞恥死にする局面を迎えそうな気がして、おろおろする睦月だった。

恋は苦くない？

1

性格とは先天的なものだろうか、それとも後天的な要素が強いのだろうか。

睦月と川久保は、女きょうだいのなかで男一人という境遇は似ているが、性格は真逆と言ってもいい。

「ちょっ、ちょっと川久保、こんなところで……」

昼下がりの部室で川久保にキスを迫られて、睦月はおどおどと壁際にあとずさった。

梅雨が明け、夏休みに入りつつある大学構内はいつもよりひとけが少なく、窓の外からはけだるいセミの鳴き声が聞こえる。

川久保は結構なキス魔だと思う。パブリックスペースだろうが、人目の隙をついてはキスをしかけてくる。

見た目は硬派でそういうことを簡単にしてくるような雰囲気が皆無なので、そのギャップに睦月はいつもひどくドキドキしてしまう。

「待って、誰か来たら困るし……」

「さちこのくせに生意気に拒むのかよ」

「いや、あの……」

「俺にキスされるの、いやか？」

「いやなんて……すごく嬉しいけど……」

「だったら黙って目をつぶってろ」

壁に身体を押し付けられて、唇を奪われる。

優柔不断な睦月は、最終的にはいつも強引な川久保に押し切られてしまう。

こんなに真逆な性格でよく両想いになれたなと思うが、もしかしたら真逆だったのが良かったのだろうか。二人とも押しが強いとか、二人とも優柔不断とかだったら、うまくいかなかったかもしれない。

「ん……っ」

そうこうするうちに、川久保の厚ぼったい舌で口の中をまさぐられ、睦月はつい甘ったるい喉声を出してしまう。その声に呼応するように、川久保の大きな手のひらが、睦月の背中から尻のあたりを撫でてくる。

「や……だめだよ、川久保……」

息継ぎの合間に弱々しく言うと、川久保は唇を触れ合わせたままふっと笑った。

「こんなところで、最後までやったりしねえよ」

それからちょっと皮肉っぽい表情になる。

「こんなところじゃなくても、最後までやってないけどな」

「……っ」

再び濃厚なくちづけを与えられながら、確かにそうなんだけど……と思う。

川久保と両想いになって一ヵ月。交際は順調だ。

だが、まだ最後の一線は超えていない。なんとなく怖くて、直前になると逃げ腰になってしまうのだ。

川久保に強引に押し切られたら、睦月は多分ノーとは言えないと思う。だが、睦月がもだもだしていると、川久保は結局はひいてくれて、いつも触りっこ……というか主に睦月があれこれされて、腿とか手とかを使って川久保もフィニッシュを迎えて終わる。

性格が真逆な相手の心理を想像するのは難しいが、川久保は本気で最後までしたいと思えば、有無を言わさず求めてくるタイプだと思う。そうしないのは、単純に現状で満足しているせいか、そこまでしたいと思っていないか……。つきあいはじめてみたものの、川久保の中ではまだ試用期間なのかもしれない。最後の一線を超えなければ、いつでも清算できるということなのかも。

「ん……っ……」

川久保のような男が、自分みたいな人間を好きだというのが不思議で、ついついネガティブな想像もしてみるが、こうしてエンドレスで熱いキスを求められると、やっぱり結構愛されているような気もする。

腰が抜けそうなキスに酔いしれていたそのとき、不意に部室のドアが開いた。

「まったく暑いわねぇ。サークル棟にもエアコンを入れてくれ……ひゃっ！」

手のひらでパタパタと顔を扇ぎながら入って来た御子柴が、目を丸くして、巨体に似合わぬ機敏な動きで飛び退いた。

「ちょっとアンタたち、こんなところで何ワイセツなことしてるのよっ！」

「す、すみません！」

睦月は赤面して、川久保の胸に手を突っ張った。

川久保は落ち着き払った顔で御子柴を振り返る。

「猥褻なことなんかしてません。キスしてただけです」

「じゅーぶんワイセツよ！　そのむっちゃんの上気した顔、ワイセツブツそのものじゃないの！」

猥褻物呼ばわりされて、睦月はさらに赤くなる。

「ちーっす」

そこに沢渡がやってきた。

「ちょっと沢渡ちゃん、聞いてよ！　この子たちったら神聖な部室でエッチなことしてたのよっ」

「し、してないです！」

しどろもどろに反論する睦月に、沢渡の冷ややかな視線が注がれる。

「なにそのエロい顔」

いったい自分がどんな顔をしているのか見当もつかず、睦月はとりあえず濡れた唇を手の甲でごしごしこすった。

「まったくやあねえ、リア充ちゃんたちは」

プンプンと自ら擬音も入れる御子柴に、

「そういうミコちゃんさんのリアルは充実してないんすか？」

沢渡がズバッとツッコミを入れる。

「まあね。今は独り身よ」

「今はって、かつては何かあったみたいなミスリードを誘うじゃないですか」

「ミスリードってなによ！　アタシだって切ない恋に身を焦がしたことくらいあるわよっ！」

「豚の丸焼き？　自虐ネタっすか？」

「アンタって子はどこまで人をばかにすれば気が済むのよ！」

「ばかになんかしてないですよ。豚ってすごくきれい好きで、しかも体脂肪率は女性モデル並らしいっすよ」

「まあ、そんなにナイスバディなの？」

「そうですよ。豚に謝ってください」

「ごめんなさ……ってなんでアタシが豚に謝らなきゃならないのよっ！」

気が合うのかその逆なのか、ポンポン言い合う二人のおかげで、変なところを見られた間の悪さを払拭できて胸を撫で下ろしていると、残りの三年生部員たちがぞろぞろとやってきた。

この夏は、各地のかき氷を食べ歩くことになっていて、今日はそのためのミーティングが予定されていた。熊谷名物のゆきくまは外せない、軽井沢の名店の高級シロップがすごいらしい、沖縄名物の煮豆にかき氷をのせる「ぜんざい」は最高にうまいらしい、いや沖縄までは行けないだろう、などなど、和気藹々と意見を出し合いながら、部長の土井が買ってきた夏限定のコンビニスイーツをみんなで味わう。

入部した当初は甘いものがそれほど得意ではないと言い出せずに苦労した睦月だが、今はみんなわかってくれていて、睦月と川久保は二人で一人扱い。睦月が一口食べて、あとは川久保が引き受けるという無言のシステムが構築されていた。たまに嫌がらせで沢渡が睦月の口に生クリームの塊を押し付けてきたりするが、それ以外は平和で楽しいサークル活動だった。

途中で、御子柴の携帯にメールの着信があった。それまで明るく場を盛り上げていた御子柴だったが、メールを見た途端、急に黙り込んでしまった。

「ミコちゃん、どうかした？」

隣にいた小川が声をかけると、御子柴はちょっと困ったように微笑んだ。

「実家の母親からメールなんだけど、友達何人か誘ってバイトに来てもらえないかって」

土井が瀬戸内レモンソースのチーズケーキを頬張りながら、何か思い出したように頷く。

「そういえば、ミコちゃんの実家って、長野の避暑地でホテルやってるんだっけ？」

「そうなのよ。ハイシーズンは学生バイトに来てもらってるんだけど、あさってから来てくれるはずだった地元大のテニス部の子たちが、集団食中毒に罹っちゃったんですって。症状は軽いらしいけどバイトは無理だから、急遽人手が必要だって」

「いいなぁ、避暑地のバイト」

パッションフルーツのムースを飲み物のように平らげながら、大泉が言う。

「あら、引き受けてくれるの？」

「すごく行きたいんだけど、俺と小川は来週インターンシップが入ってるから」

「まあ、残念。土井ちゃんは？」

「俺はカテキョのバイトがあるから」

「そうだったわね」

困ったように巡らされた視線が、睦月をロックオンする。

「むっちゃんはどう？　二週間ほど住み込みで」

「え、でも、ホテルの仕事なんてやったことないので……」

「大丈夫よ。ホテルっていっても、家族経営のアットホームな宿だから」

急に言われても……と口ごもっていると、御子柴は切なそうに眉を下げる。

「まあ都会に比べたらバイト代も格段にいいとは言い難いし、気がのらないかもしれないけど」

ゴリ押しにも弱いが、こうやって引かれることにも弱い睦月は、断りづらくてますますもごもごとなる。

そこに畳みかけるように御子柴が言う。

「でも、来てもらえたら本当に助かるわ。なんとかお願いできないかしら？　ね？」

身を乗り出すようにして見つめられて、睦月はノーと言えない性格の本領を発揮してしまう。

「わ、わかりました。俺でよければやらせてください」

「むっちゃんありがとう！　大好きよっ」

御子柴の巨体に抱き付かれそうになったが、一瞬早く隣の川久保に肩をつかんで引き寄せられた。

「さちこが行くなら、俺も行きますよ」

川久保の発言に睦月は「え？」となる。

「いいの？」

「面白そうじゃん」

「川久保が行くなら、俺も行こうかな」

川久保の向こう隣に座って、ベリーのチョコレートケーキを食べていた沢渡が割り込んでくる。

「あら、ホント？　芋づる式に一年生が釣れたわ♡」

御子柴が楽しそうに笑う。

「俺たちは力になれなくて悪いな」

土井が詫びると、御子柴はかぶりを振った。

「いいのよ。ホールやフロントのお手伝いがメインだから、アンタたちよりイケメン揃いの一年生の方がありがたいわ」

「おーい。自分のことは棚に上げて失礼だな」

「本当だよな。インターンシップ終わったら、手伝いに行ってやろうかなとも思ってたのに」

「なぁ」

冗談めかして膨れてみせる三年生たちだったが、何はともあれ、あれよあれよと睦月の夏休みの予定は決まってしまったのだった。

2

目の前がアウトレットモールになっている避暑地の駅に降りたった四人は、まずは日差しに目をすがめた。

「あっちぃ。避暑地っていうから、もっと涼しいと思ったのに」

沢渡が頬を膨らます。

「確かに暑いわね。アタシも三年ぶりだから驚いたわ」

ハンカチで顔の汗を押さえながら呟く御子柴に、睦月は「え？」と視線を向けた。

「大学生になってから帰省してないんですか？」

「まあね。いろいろあって」

含みありげに言う御子柴に理由を訊ねていいのかどうか、日差しの眩しさに目をしょぼつかせながら迷っていると、ふっと視界に影がさした。

日差しは確かに強烈なのだけれど、こうして陰になると、急に空気が清涼になる。都内と違って湿度が低いからなんだろうなと思いつつ視線をあげると、川久保が雑誌を掲げてさりげなく睦月に日陰を作ってくれていた。

無骨で無口な雰囲気とは裏腹に意外とキス魔だったり、こんなふうに気をきかせてくれたりと、川久保の彼氏力の高さにはついドギマギさせられてしまう。

「ありがとう」

思わず頬を染めながら呟くと、背後から沢渡に背中をバチーンと平手打ちされた。

「なにデレデレしてんだよ。バカじゃねえの」

列車の中でも、終始この調子だった。

「こらこら、アンタって子はまた悪さしてんの？」

沢渡は御子柴に耳を引っ張られ、タクシーの後部座席に放り込まれる。続いて睦月が乗り、最後に川久保、そして助手席に御子柴が乗り込んだ。

御子柴が運転手に行き先を告げている後ろで、尚も沢渡が絡んでくる。

「川久保と二人で避暑地でイチャイチャできると思ってるのかもしれないけど、残念だったな。俺が徹底的に邪魔してやる。ついでに川久保のこと、略奪してやろうかな」

意地の悪いことしか言わない沢渡だが、それを最近では川久保本人の前で言ってしまうので、陰湿とは程遠く、なんだか憎めない。川久保もそう思うのか、特に諌めもしない。

「あ、日焼け止めを持ってくるの忘れちゃったけど、まさか屋外労働とかさせられないよな？」

「日焼け止めなら御子柴さんが持ってるんじゃないかな」

「確かに、肌の手入れとか欠かさなそう」

そんな自分の噂話が聞こえたら、いつもなら真っ先に割り込んできそうなのに、助手席に座った御子柴は、さっきから無言で窓の外を眺めている。三年ぶりの故郷の景色が懐かしいのだろうか。

広大なアウトレットモールやゴルフ場に面した通りを過ぎ、しゃれた造りのレストランや土産物屋を通り過ぎ、やがて別荘が点在する地域の一角に大きなホテルが見えてきた。

「あ、三平ホテルだ」

沢渡が歓声をあげる。睦月でも名前を知っている、有名な老舗ホテルだった。

タクシーは緑に囲まれたアプローチからそのホテルの中へと入っていった。

「え、ここ寄るの？　お茶でもゴチしてくれるんですか？」

沢渡が能天気な声を出す。睦月も同じ感想だった。実家に着く前にひと休みか、もしくは大手ライバルホテルを見学していくのかな、と。

しかしタクシーが瀟洒な車寄せに停まると、御子柴はなにを言っているのかという顔で振り向いた。

「ここよ、アタシの実家」

「え？」

と声を裏返す睦月と沢渡の横で、いつも落ち着き払っている川久保も珍しく「は？」と声をあげた。

「家族経営のアットホームなホテルって言いませんでしたか?」

「そうよ。曾祖父の御子柴三平の代から、うちの一族で経営してるの」

あっけにとられているところに、奥からスーツ姿の男性が満面の笑みをうかべて出てきた。胸には「副支配人・楢崎」という名札をつけている。

「おかえりなさいませ、坊ちゃま!」

坊ちゃま!? と、再び沢渡と小声でハモってしまう。

「またひとまわり大きくなられましたね」

「なによ、それ。ディスってるの?」

「とんでもない。東京の大学に進学されてから一向に帰省されないので、心配しておりました。お元気そうでなによりです。奥様も朝からお待ちかねですよ」

「……父様は?」

「社長も、口では色々とおっしゃっていますが、心の中では坊ちゃまのお帰りを心待ちにしてらっしゃいます」

「楢崎さんたらいつからエスパーになったのよ」

御子柴は苦笑いを浮かべて、睦月たちを振り返った。

「アタシのサークルの後輩たちよ」

よろしくお願いします、と三人で頭を下げると、楢崎は丁寧にお辞儀を返してくれた。

「こちらこそ、急なことで本当に申し訳ないのですが、よろしくお願いいたします。皆様、さすが都会の学生さんですね。垢ぬけてらして」

「選りすぐりのイケメンたちよ」

睦月はそっと視線をめぐらせた。ホテルは四階建ての風情ある建物で、周囲は芝生の美しい庭に囲まれている。

建物の裏手に屋外プールの一部が見えて、水音と子供たちの歓声が聞こえてくる。

御子柴の実家がこんな立派な場所だったとは思わなかった。睦月だったら折あるごとに帰省したいが、御子柴が三年間一度も帰っていないのはなぜなのだろう。

楢崎の案内で建物の中に足を踏み入れる。ちょうど宿泊客のチェックインとアウトの間の時間で、手の空いた古参らしい従業員たちは御子柴を見ると目を輝かせ、「坊ちゃま、おかえりなさいませ」「また立派になられて」と声をかけてきた。

フロントを通り過ぎ、楢崎は一行をスタッフオンリーの奥へと誘導する。

「まずは社長も奥様もお待ちかねですので、皆様こちらへどうぞ」

「アタシが一人で顔を出すわ。みんなに不快な思いをさせたくないから」

御子柴がすっと前に出ると、楢崎がそれを押しとどめた。

「お待ちください。皆様ご一緒の方が、社長も言葉に気をつけられると思いますので……」

御子柴は苦笑いを浮かべる。

「ふふ。父様がアタシの帰りを心待ちにしてたって言うのは、やっぱりウソね」

「いえ、社長は本当に心の中ではそう思ってらっしゃるのです。ただ、お立場上、色々と葛藤がおありで」

「まあいいわ。どうせみんなにもすぐわかることだし。嫌な思いをさせちゃったらごめんね」

そう言って、御子柴は社長室のドアをノックした。

すぐに内側からドアが開き、清楚なワンピース姿のふっくらとした女性が顔を出す。一目で御子柴の母親だとわかった。

母親はキラキラと目を輝かせて、大きな息子をぎゅっと抱き寄せた。

「おかえりなさい、剛ちゃん！　まあまあ、また一段と大きくなって」

「やだもう、さっきからみんなにそればっかり言われるのよ」

「平幕から大関っていう貫禄じゃないの」

「やだぁ、ママったら」

「色艶もよくて元気そうでよかったわ」

「ママも元気そうね」

ひとしきり息子との再会を喜び合うと、母親は睦月たちの方に視線を向けた。

「皆さん、このたびは急なお願いを引き受けてくださってありがとうございます」

「アタシのサークルの後輩たちよ」

　一人一人紹介しようとした御子柴の声に、

「なにがアタシだ」

　憤懣やるかたないという感じの低い声が被さった。

　全員の視線が、部屋の奥の声の主の方へと集まる。

　社長室の最奥のデスクの前に座ったスーツ姿の男が、忌々しげに御子柴をねめつけていた。

　母親を一目見たときに、御子柴は完全に母親似だと思ったが、父親も御子柴にそっくりだった。三十年後の御子柴がスーツを着ているという感じだ。

「あーら、父様。相変わらずね」

「いい加減、そのオネエみたいな喋り方はやめなさい」

「みたいじゃなくて、そのものなんだけど」

「俺はオネエなんか産んだ覚えはない！」

「当然でしょう。アタシを産んだのはママだもん。だいたい、なんかってなによ。オネエの皆さんを侮辱するのはやめて」

「オネエの皆さんを侮辱しているわけじゃない。おまえがオネエなことに文句を言ってるだけだ」

「つまりはオネエへの偏見ってことでしょっ」

父子の言い合いに、睦月は居心地悪く川久保に視線を送った。

「御子柴さんが三年帰省してなかったのって、こういう理由だったんだね」

小声で言うと、川久保は小さく頷いた。

「まあ各家庭で色々と事情はあるんだろうな」

父子の諍いを見かねたのか、母親が割って入った。

「あなた、お友達の前でやめてちょうだい。皆さん東京からわざわざお手伝いに来てくださったのよ」

父親は睦月たちに気付くと、今まで座っていた椅子から立ち上がり、ネクタイの結び目を整えた。

「これは皆さん、遠路はるばるありがとうございます。剛太のお友達とは思えない、スリムなイケメン揃いですね」

「だからさりげなくアタシをディスるのやめてよねっ」

「だから『アタシ』はやめろと何度言ったらわかるんだ」

「あなた!」

再び母親に諫められると、父親はひとつ咳ばらいをして、睦月たちに向かって言った。

「皆さんは息子から悪い感化を受けないように気をつけてくださいね」

それを聞いた沢渡が、睦月に肩をぶつけて、意味深げな笑顔で囁いてくる。

「もう感化されまくってるよね、俺たち」

しどろもどろに挨拶をして、社長室をあとにすると、御子柴はふうっと大きなため息をついた。

「ごめんなさいね、変なところをみせちゃって」

「ミコちゃんさんのお父さんって、アタマ固い感じなんすね」

無邪気に突っ込む沢渡に、御子柴は大きな肩をひょこっと竦めた。

「そうなのよ。アタシがカムアウトしてから、ケンカばっかり」

「いつカムアウトしたんですか？」

「高二のとき。カムアウトしたっていうか、するはめになったっていうのかしら。当時、つきあってる人がいたんだけど、こういう田舎だから、それが噂になって父様の耳にも入って、どういうことなんだって問い質されたのよ」

「それまではお父さんも気付いてなかったんすか？」

「ええ。アタシも気をつけて、意識して男っぽい言葉で喋るようにしてたから」

「へえー。聞いてみたいな、ミコちゃんさんの男言葉」

「あらそう？」

御子柴は足を止めると、いきなり沢渡を壁ドンした。

「沢渡ちゃん、今日もかわいいぜ」

「ひっ」

空気が振動するような低音に、沢渡がビクッと身を竦める。

川久保まで「おー」と感心したような声を出した。

「そんな声も出るんですね」

睦月が感嘆して言うと、沢渡が同意するように頷いた。

「ホント、すっげぇいい声。鳥肌立っちゃった」

「やぁだ、沢渡ちゃんてば」

「でも俺、そういういつものミコちゃんさんの方が好きかな」

沢渡がさらっと言うと、御子柴は一瞬目を丸くして、それからガバッと沢渡に抱き付いた。

「アンタっていい子ね」

「ぐうぇ～、ぐるじい‼」

二人のやりとりに思わず睦月は川久保と顔を見合わせて失笑してしまう。

「ぐるじいってばっ！　それで、バレちゃったあとはどうなったんですか?」

懲りずに突っ込む沢渡を、御子柴はぎゅうぎゅう抱きしめながら言った。

「父様が絶対許さないとか騒ぎ出して、元カレもそれで面倒になっちゃったみたいで、結局こっぴどく振られちゃったわ」

「うわぁ、つまんねぇ男」

「そのショックもあったし、父様との関係もこじれて、もうこんな町イヤってなって、東京の大学に逃げ出したって感じ」

いつも明るい御子柴にそんな過去があったとは意外だった。一同で驚いていると、通路の奥の通用口の方から物音がした。

視線を向けると、デニムにTシャツ姿の、若い男が立っている。一般客が立ち入れないエリアなので、従業員か、出入りの業者だろうか。きりりと整った顔立ちの、かなり大柄な男だった。大柄といえば川久保も御子柴も大柄な方だが、長身だとか恰幅がいいとかいう大柄さとは違って、日本人離れした骨格に逞しい筋肉がついていて、浅黒い肌や彫りの深い顔立ちと相まって、人目をひく迫力がある。

「なになに、ハリウッドスターのお忍び？」

沢渡がヒソヒソ囁く。確かに、ハリウッドのアクションスターのような雰囲気だ。

男は、こちらに向かって小さく会釈したように見えた。睦月もつられて会釈を返す。

それまで沢渡にちょっかいをかけていた御子柴が、すっとその手を離すと、睦月たちを通用口とは逆の方向に促した。

「仕事は明日からだから、今日はとりあえず手順だけ覚えてもらったら、寮に案内するわ」

明るいロビーの方に向かって歩きながらも、睦月は首筋のあたりにずっとチリチリと男の視線を感じていた。

寮はホテルから徒歩五分ほど奥にある。二段ベッド二つの四人部屋を、睦月と川久保と沢渡の三人で使わせてもらうことになった。

バイト三日目の夜。睦月がシャワーを浴びて部屋に戻ると、川久保が一人でテレビを見ていた。

「沢渡は？」

「コンビニ」

「え。結構距離あるよね？」

睦月は濡れた髪を拭きながら、川久保の隣に座った。開け放った窓からは、心地よい高原の夜風が流れ込んでくる。東京は今夜も熱帯夜のようだが、避暑地の夜はエアコンいらずだ。

Tシャツと短パンの部屋着からのびた、川久保の長い手足を眺めて、睦月は苦笑した。

「すごく焼けたね」

「まあな」

睦月と沢渡はレストランに配属されたのだが、川久保はその体格を見込まれたのかプールの監視に回された。仕事内容が別々なので、ゆっくり話せるのはこうして部屋に戻って来たときくらいだった。

「仕事、大変じゃない？」

自分が巻き込んでしまった感があるので、ちょっと申し訳ないような気持ちで訊ねると、川久保は表情を緩めた。

「いや、楽しいよ。こんな夏休みもいいいな」

「だったらよかったけど」

「そういうおまえは？」

「俺も楽しい。失敗も結構あるけど」

ビュッフェレストランのフロア業務は、朝晩のピーク時間は結構な慌ただしさで、早くテーブルをバッシングしなければと焦りすぎて、料理を取るために離席していたテーブルをうっかり片付けてしまったり、食器を落としたりといった失敗を数回やらかした。

とはいえ、いつもとは違う土地で、休暇を楽しむ人たちのために働くのは、新鮮でとても楽しかった。

「そういえば、ここの野菜や果物って、すごくおいしいよね」

賄いも、客に提供されるのと同じ食材が使われていて、どれもびっくりするほどおいしい。あんなに甘いレタスを食べたのも、あんなに味が濃いトマトを食べたのも、初めての経験だった。桃やプラム、ブルーベリーも新鮮で、それらを使ったスイーツも、ビュッフェレストランとは思えない贅沢なものばかりだった。

「契約農家から直接仕入れてるって言ってたもんな。パンもホテル直営のベーカリーから毎朝焼き立てを運んでるみたいだし」

「あのクロワッサンのおいしさっていったらすごいよね！　お客様にも、クロワッサン食べてみてくださいなんて、つい声をかけちゃった」

勢い込む睦月を見て、川久保はふっと笑った。

「小嶋のそういうとこ、好きだな」

急に好きだなどと言われて、睦月はどぎまぎしてしまう。

「そ、そういうとこ？」

「自分の意思じゃなくて、断れないばっかりに引き受けるハメになったバイトなのに、結局はそれを楽しんじゃうとこ」

「いや、最初から自分の意思で行動できるのがベストだとは思うんだけど……」

「人それぞれだろ。巻き込まれ型の人生も、予測不可能で面白そうだなって、小嶋を見てると思うよ」

そう言いながら、川久保は睦月に顔を近づけてきた。びっくりして反射的にのけぞりそうになると、後頭部を押さえられて、キスされた。

都会とは違って、車の音もほとんど聞こえない静かな部屋に、二人の息と、唇が触れ合う音が響く。

昼間は別の持ち場だし、寮は三人部屋だしで、ここに来てから二人きりになることはなかったので、キスも三日ぶりだった。

川久保の巧みなキスにしばし陶酔した睦月だったが、川久保の手がTシャツの内側に滑り込んでくると、我に返ってその手をつかんだ。

「待って、沢渡ももうじき帰ってくるし」

「まだ来ねえよ。コンビニまで一キロはあるし」

「でも……」

「またおあずけか」

「おあずけだなんて……」

最後までしていないことを指して川久保はそう言っているのだろうが、おあずけなどという畏れ多い話ではなく、睦月は単に初めての経験にビビっているだけだった。

あまり引っ張りすぎて「なにをもったいつけてるんだよ」と醒められるのも悲しいし、かといって、いざ受け入れてみたら不慣れすぎてつまらないと思われるのも悲しい。

優柔不断の本領を発揮して、どうしていいのかわからなくなる。

「こういうときこそ、その流され体質を存分に発揮してみろよ」

そんなことを言いながらも、川久保は強引に押してこようとはせず、もう一度軽くキスすると、再びテレビ画面に視線を移す。

「なーんだ、つまんないの。いちばん盛り上がったところで乱入してやろうと思ってたのに」

ドアの方から揶揄(やゆ)するような声がした。振り返ると、コンビニのレジ袋を提(さ)げた沢渡が、含みありげな視線をこちらに向けていた。

「お、おかえり。早かったね」

「悪かったな、早くて」

「そ、そんな……」

睦月のオドオドぶりに溜飲(りゅういん)が下がったのか、沢渡はするりと睦月の方に寄って来た。

「それがさ、ホテルを出てちょっと行ったところで、ハリウッドに声をかけられて」

「ハリウッド?」

「ほら、ここに来た日に、通用口の方からじっと俺らのこと見てた、ガタイのいいイケメンがいたじゃん?」

「ああ、うん」

「あの人、ミコちゃんさんの幼馴染らしいよ」

「そうなの?」

「でさ、コンビニまで軽トラに乗せて行ってくれたんだ。ここのホテルと契約してる農家の人なんだってさ」

睦月は初日にちらりとだけ見た美丈夫(びじょうぶ)の、日焼けした肌と筋肉質な身体を思い出した。あれは農業によって培われた肉体なのかと、都会育ちの身としては感心してしまう。

「道中、ミコちゃんさんのこと色々訊かれちゃった。元気にしてるのかとか、大学ではどんな様子かとかさ。俺ら学年が違うから、そんな詳細はわかんないけど、まあ見てのとおり元気なオネエキャラで人気者ですよって言っておいたんだけどさ、幼馴染なら本人に直接訊けばよくね？」

言われてみれば確かに、と思っていると、川久保がぼそっと言った。

「直接訊けない事情があるんじゃないか？」

「どんな事情？」

沢渡に問い返されて、川久保は「さあ」と肩を竦める。

睦月は、ハリウッドに会った日の記憶を手繰る。そういえば、こっちに向かって会釈をしてくれたけど、あれは幼馴染の御子柴に対する挨拶だったのか。しかし、御子柴は目も合わせず、スルーしていた気がする。あの人のいい御子柴が誰かの挨拶を無視するなんて珍しい。

そんなことを考えていたら、もう一つ記憶が蘇った。高校時代、御子柴が交際相手にこっぴどく振られたという話。

「……もしかして、御子柴さんの元カレとか？」

睦月が思いつきを口にすると、沢渡が「は？」と声を裏返した。

「ハリウッドとミコちゃんさんが？　ないない、絶対ないって」

「なんで断言？」

「だってありえないだろ、どう考えても。トドとクジラのぶつかり稽古じゃあるまいし」

「それはちょっと失礼だと思うけど……」

「じゃあ、シャチとセイウチの異種格闘技？　いずれにしても、ビジュアル的に俺は受け付けないから」

「いや、愛にビジュアルとか関係ないと思うし」

「なにそれ。小嶋の分際で愛を語っちゃうとか生意気。イケメンをゲットすると、小嶋でもドヤ顔で愛とか語るようになっちゃうんだね」

「いや、あの……」

「小嶋と川久保だって、充分月とスッポンだと思うけどね。川久保もさ、こんなオドオドして陰気なやつのどこがいいの？」

水を向けられた川久保は「どこって……」と考え込む。

どこと言えない川久保の気持ちもわかる。自分でも、自分のいいところをひとつも思いつかない。

よく考えたら好きかどうかもわからなくなってきたとか言われたらどうしよう、と内心アワアワしていると、川久保が真顔で言った。

「どことかじゃなくて、全部が好みだな」

「は？　うそだろ⁉　どうかしてるんじゃない？」

呆れ顔で失礼なことを言う沢渡だが、睦月もまったく同意見だった。自分で言うのもなんだが、川久保の趣味は相当変わっていると思う。

「俺の方が絶対いいと思うんだけどなぁ。この機会に考え直さない？」

沢渡が川久保にぐいぐい肩を押し付けていく。川久保はなにごともなかったような顔で立ち上がった。

「俺もシャワーを浴びてくるか」

「おいっ、完無視すんなよ。せめて丁重に断る小芝居くらいしろよ」

ツッコミを入れる沢渡は、しかしどこかおふざけムードだ。

川久保がシャワーを浴びて出てきたあと、沢渡がコンビニで買ってきたスナック菓子を広げ、夜中まで三人で雑談をして過ごした。ここに来てから、だいたいずっとこんな調子で夜が更けていく。川久保と二人きりになれないもどかしさを感じることもあるが、沢渡がいてくれることにどこかほっとしている自分もいたりするのだった。

3

持ち場が決まっている睦月たちと違って、御子柴はキャストのシフトの穴をふさぐように、日替わりで様々な仕事をしていた。メインはベルボーイだが、日によって、レストランやフロントのカフェに入っていることもある。

今朝は睦月たちと一緒に、ビュッフェレストランのフロアを担当している。

「ミコちゃんさんの接客、ゲイバーのママみたいになるのかと思ったら、全然違うのな」

沢渡が耳打ちしてきたが、確かにその通りで、御子柴の仕事ぶりは実に落ち着いていて「普通」だった。いつものキンキンとしたオネエ声でもなければ、この間沢渡を壁ドンしたときのような重低音でもなく、本当に普通の青年の声と口調で、物慣れた様子で仕事をこなしていく。

「どれが本当のミコちゃんさんなのかわかんなくなってきた」

「確かに。それにしても御子柴さんって機敏だよね」

「な。動けるデブ」

茶化し口調だが、沢渡も感心している様子なのは伝わってくる。

きっと、高校生の頃から繁忙期は家業を手伝ってきたのだろう。先を読んできびきび動く姿は堂に入っている。

その御子柴が、皿を片付けながら一瞬ふと立ち止まった。視線の先を追って、睦月も新しいナプキンをセットしていた手を止める。

ハリウッドの軽トラが、アプローチを通って敷地の奥に入っていくのが見えた。野菜を納めに来たのだろうか。

沢渡も気付いたようで、御子柴に小声で言った。

「あの人、ミコちゃんさんの幼馴染だそうっすね」

一瞬、御子柴の顔色が変わったように見えた。

「冬紀に聞いたの？」

「冬紀さんっていうんですか？　すげえイケメンですよね」

御子柴はあいまいな笑みを浮かべると、

「仕事中の私語はつつしみましょうね」

やんわりと沢渡に釘を刺し、睦月だったらその半分も持てないような大量の皿を軽々と持ってそそくさと立ち去って行った。

「やっぱワケあり系だな」

沢渡の興味津々の顔に苦笑いを返しつつも、どこかいつもの御子柴らしくない様子が気になる睦月だった。

ビュッフェレストランはランチ営業はしないので、フロアの清掃とキッチンの片づけを手伝ったあとには、少し長めの昼休みがある。

沢渡が従業員控え室で昼寝をしている間、睦月は通用口の裏で、しばし川久保(かわくぼ)とのランチを楽しんだ。川久保の休憩(きゅうけい)時間は日によって違うので、こうして話せるのは貴重なひとときだった。

通用口の外は関係者以外通れないし、従業員も滅多(めった)に来ない。建物の陰になった三段ほどの階段に腰をおろすと、高原の心地いい風が吹き抜け、しばしバカンス気分を味わうことができる。

川久保は水着にパーカーを羽織った格好で、時々風にあおられてパーカーがはだけると、日に焼けた胸板が目に飛び込んでくる。いまさらそれにドギマギしている自分に呆(あき)れる。

「このブルーベリージャム、ジャムっていうよりコンポートって感じだよね」

ワックスペーパーに包まれた賄(まかな)いのサンドイッチにかぶりつきながら睦月が言うと、川久保も大きなひとくちを咀嚼(そしゃく)しながら頷いた。

「フルーツ感がハンパないよな」

「砂糖の量をぎりぎりまでおさえてあるから、日持ちはしないんだって。シェフに作り方を教えてもらったから、今度作ってみようと思って。でも、ここのブルーベリーだからおいしいのかな」

睦月が言うと、川久保はふっと笑う。

「いっぱしのスイ研部員って感じになってきたな」

そう言われてみれば、スイ研に入る前の睦月だったら、自分でジャムを作ってみようなんて思い立ちもしなかっただろう。

「東京に戻る日にこっちでブルーベリーを買って、うちで一緒に作って食べよう」

「いいね！」

川久保の誘いに、睦月はうきうきと頷く。

「ジャム以外にも、帰ったら食べたいものがあるんだけど」

妙に色っぽい視線を向けられて、うきうきはどきどきへと変化する。

「えっと……ジャムを食べるにはやっぱりパンが必要だよね。それも御子柴ベーカリーで買っていく？　それともパンも二人で作っちゃう？」

「パン作りもいいけど、俺が言ってるのはそういうことじゃないって、わかってるよな？」

「あ……うん」

ここではこうして二人きりになるのもままならないし、睦月も川久保と人目をはばからずス

キンシップをしたいという気持ちはある。

相変わらず最後の一線を超えるのは、色々な意味でまだ不安ではあるけれど。

「なんだよ、楽しみにしてるのは俺だけかよ」

むっとした顔で言う川久保に、睦月はぶんぶんと首を振った。

「そんな、まさか！　俺も、俺こそ、俺が、俺、俺だって……」

「俺の五段活用？」

テンパりすぎな睦月に呆れながらも、川久保の表情がやわらぐ。

「そろそろ行かないと」

「え、もう？」

つい名残惜しい口調になってしまうと、川久保はニッと笑った。

「今の『もう？』はよかった」

「そんな……」

「小嶋、口にジャムがついてる」

「ホント？　どこ？」

「上唇の右側」

指摘された場所を舌でぺろりと舐めとると、川久保が目を細めた。

「エロいことすんなよ。我慢できなくなるだろ」

「え？　あ……っ」

かすめ取るようなキスと共に、川久保に唇を舐められる。

「……っ、またこんなところで」

真っ赤になっているであろう顔で抗議するが、川久保は余裕の笑みだ。

「小嶋の唇、ブルーベリー味だった」

「かっ、川久保の舌だって」

「またあとで、ゆっくりな」

川久保は睦月の頭をぐしゃっと撫でると、颯爽とパーカーを翻して、プールの方へ引き返して行く。

ばくばくする心臓を押さえて、睦月がその後ろ姿を見送っていると、背後で小枝が折れるような音がした。

違う意味で心臓が跳ね上がる。振り返ると、件のハリウッドが少し離れた場所に立っていた。

今日もデニムにTシャツ姿で、高原トマトの箱を三段重ねで抱えている。

もしかして、今の見られた？

睦月ははじかれたように立ち上がり、しどろもどろに言い訳を並べた。

「い、今のは違うんです！　俺の唇にジャムがついてて、彼はそれを取ってくれただけで……」

言っているそばから、完全な自爆だと気付く。普通はそんなジャムの取り方はしない。

しかしハリウッドは、訝るでも呆れるでもなく、淡々と頷いた。

「気にしないでください。俺もゲイなので」

ああ、そうなんですか、だったらよかった。

などという結論に至るはずもなく、睦月はさらにぎょっとして、動揺の目盛りをあげる。

「え？　あの、ええと……」

「いいですね、素敵な恋人がいて」

「いや、あの……」

「皆さん、剛太のサークルの後輩だそうですね」

「はい、小嶋といいます」

動揺しすぎて、訊かれてもいないのに名乗ってみる。ハリウッドはトマトの箱をおろすと、その端整な顔に少し陰のある笑みを浮かべた。

「僕は剛太の幼馴染で、瀬野冬紀といいます。近くで農場をやっていて、このホテルに野菜や果物を納めてるんです」

「あ、もしかしてブルーベリーも？」

「ええ」

「お昼のサンドイッチに、ホテル特製のブルーベリージャムが入ってたんですけど、大粒で甘くて、すごくおいしかったです」

「ありがとうございます」

　全体的にいかつく威圧感がある男だが、はにかんだように笑うと、急に人懐っこい雰囲気になる。

　瀬野は遠慮がちな様子で切り出してきた。

「少し話しても大丈夫ですか？」

「あ、はい」

　睦月はこくこくと頷いた。昼休みはまだだいぶ残っている。

「剛太は、大学ではどんな様子ですか？」

　沢渡も同じことを訊かれたと言っていたなと思いながら、睦月は思うままを答えた。

「すごくいい先輩です。面白くて、面倒見がよくて、いつもみんなの輪の中心にいる感じで」

「あのキャラで、浮いたりしていませんか？」

「いえ、全然そんなことはないです」

「そうですか。やっぱり都会っていいですよね、自由で先進的で。田舎だと、些細なことで浮いたり噂になったりするから」

　遠い目をしてどこか淋しげに言う瀬野を見ていると、なにかフォローしなくてはという気持ちになってくる。

「でもここには、都会にない素晴らしさがありますよね。空気はきれいだし、真夏でも爽やかだし、花の色はきれいだし、野菜や果物はおいしいし」

睦月は、箱の中に並んだつやつやのトマトを指さした。

「あんなにみずみずしくて味が濃いトマトを食べたのも、生まれて初めてです。愛情をこめて育ててるんだろうなって」

「愛情……」

瀬野はぼそっと呟き、自嘲的な笑みを浮かべた。

「好きで農家をやっているわけでもないんですけどね。長男なので否応もなく」

「あ……すみません、愛情とか能天気なこと言っちゃって……」

睦月は慌てて謝る。都会育ちの睦月にとって、避暑地の町はおとぎ話に出てくる夢の国みたいで、こんなおいしい高原野菜を作っている人は、自負と理想に溢れているに違いないと勝手に思い込んでいた。ちょっと考えれば、そんなことはよそ者の勝手な想像に過ぎないとわかるのに。

「いや、こっちこそ、無責任に都会はいいですねなんて言っちゃったけど、きっといいことばかりじゃありませんよね」

瀬野はトマトを見つめて言った。

「剛太も、うちのトマトが大好物でした」

過去形で語られると、複雑な気持ちになる。

「一人暮らしで、バランスよく食事を摂ってるのかな。あいつ、ちゃんと野菜から食べてますか？　三角食べしてます？　豚肉の脂身だけ食ったりしてませんか？」

真剣なまなざしで詰め寄られて、睦月はおどおどと答える。

「うちは『スイーツ研究会』っていうサークルなので、御子柴さんと出かけるときは、必然的にスイーツを食べることが多くて、豚肉の脂身のことはよくわからないんですけど……」

「相変わらず、お菓子好きなんですね。だからまたあんなに太って」

「でも御子柴さんは、太目だけど身軽だし、すごくおしゃれで素敵だし……」

「いや、非難したわけじゃないんですよ。僕も剛太のふくよかなところが好きだし」

好き、という単語にドッキリしている睦月の横で、瀬野は淡々と続けた。

「実は剛太と僕は、昔つきあっていたんです」

突然のカミングアウトに、頭の中で、ピンポーン！　とチャイムが鳴る。

やっぱりそうだったのだ。沢渡はありえないと言っていたけど、やっぱりそうだった！

だが、自分で可能性を口にしておきながら、現実のこととなるとかなりの衝撃だった。

「すみません、突然こんな話。小嶋くんが同類だとわかって、つい気がゆるんじゃって」

「いえ、あの、御子柴さんからうっすら聞いたことはありました。高校時代につきあっていた人に振られて、この町を出たって」

睦月が言うと、瀬野は逞しい肩をがっくりと落とした。

「……そうするしかなかったんです。あのとき、」

言いかけて、瀬野は我に返ったように苦笑した。

「すみません、こんな話、迷惑じゃないですか？」

「迷惑だなんて、ぜんぜんそんなことないです」

この状況で「そうですね、ちょっと困ります」と言える人間は少ないだろう。ましてや睦月はノーと言えない性格なのだ。聞いてしまっていいのか、聞いたところで自分が何か役に立てるのかも謎だったが、聞かずに立ち去るなどという選択肢が睦月にあるはずがない。

「そうですか？　じゃあお言葉に甘えて、続きを話してもいいですか」

「はい」

「剛太とは幼稚園の頃からの幼馴染で、僕はずっと彼のことが好きでした。でも男同士だし、剛太は地元の名士の坊ちゃんだし、うまくいくはずがないと思って、ずっと気持ちを隠していました」

なんと、元々はこのイケメンの片想いだったらしい。

「高校生のとき、もうやけくそになって、コクってきた女子とつきあうことにして、剛太にもその話をしたら、剛太が『やめて！』って。『実はアタシ、ずっと冬紀のことが好きだったの』って言ってくれて、天にも昇る気持ちって、ああいうことを言うんでしょうね」

当時を思い出してか、瀬野の表情が緩む。

「それからは夢のように幸せな日々でした。でも長くは続かなかった。放課後、誰もいないと思って教室でキスしていたところを見られて、噂をばらまかれてしまって……。僕は誰に何を言われても剛太が好きだし、剛太を守る気でいました。でも、そんなの所詮、ガキのひとりよがりだったんです」

瀬野の表情が今度はみるみる沈んでいく。

「ある日、剛太のお父さんに呼び出されて。噂はお父さんの耳にも入っていたんです。すぐに別れるようにと説得されました。もちろん、最初は拒みました。でも、本当に好きなら相手の将来を考えて身を引くのが筋だ、意地になって別れないのはおまえのエゴで、剛太に対する思いやりが微塵もない、そんなのは本当の愛じゃないと、何度も言われて、自分でもだんだん、何が正しいのかわからなくなってしまって……」

あのズバズバとものを言う強烈な父親のことを思い出して、睦月は同情をこめて頷いてみせた。

「煮え切らない態度を取っていたら、またお父さんに呼び出されて、このまま別れないつもりなら、うちの農場との取引も考えると言われたんです」

「そんな……」

「ホテルだけじゃなく、御子柴グループのベーカリーやマルシェで、うちの野菜は高値で使ってもらっていて、取引を停止されたら大変なことになります。僕は長男で、まだ小さい弟たちが下に二人いるし……。剛太を守るなんて思いあがりもいいところだって思いました。自分の家族すら、破滅に追い込もうとしているのに」

「……それで、御子柴さんと別れたんですか？」

「ええ。でも、剛太は納得してくれなかった。お父さんに圧力をかけられたことは言えませんでした。口止めされていたし、そうじゃなくても剛太の前でお父さんを悪く言いたくなかったし、僕のプライドもあった。理由をうまく説明できないから、剛太を説得することもできなくて……それでつい、心にもないことを口走ってしまって……」

「なにを言ったんですか？」

「おまえとつきあったのは、御子柴グループの御曹司に取り入ろうっていう下心だったんだって。でも変に噂になって逆効果みたいで、もう面倒だから別れたいって。それでも剛太は信じようとしなかったので、おまえみたいなデブは最初から好みじゃなかったって言いました。豚は豚同士で仲良く戯れてろよって」

「え……」

なぜそうなった!?　と思わず頭を抱えたくなる展開だった。なぜよりにもよって、そんな罵声を浴びせかけたのか。

だが、今こうして見ていても朴訥で不器用そうな男である。三年前の瀬野少年は、自分の性指向に悩み、御子柴への想いに悩み、世間の目や、自分の家族の将来に悩み、ことがことだけに相談相手もおらず、いっぱいいっぱいだったのだろう。自分が悪者になって嫌われるという方法しか、思いつかなかったのかもしれない。

「そ、それで御子柴さんはなんて?」

「平手打ちにされて、頬骨にひびがはいりました」

ひーっ!

「それっきり、目を合わせることもなく、一言も口をきくことなく、三年前、剛太は東京に行ってしまいました」

想像以上に修復不可能な関係に、睦月は啞然とするばかりだった。

「あ、あの、瀬野さんは今でも御子柴さんのことが好きですか?」

瀬野は真っすぐな目で言った。

「もちろん。僕には剛太だけです」

「だったら、今の話を俺じゃなくて御子柴さんにしてあげてください。そうしたら、みんな幸せになれると思うんです」

瀬野は静かに首を横に振った。

「それはできません。結果的に、こうして御子柴グループとの取引を続けさせてもらっている以上、剛太のお父さんに対して恩を仇で返すわけにはいきません。それに……」

瀬野は寂しそうに笑う。

「出て行った事情はともかく、今、剛太が東京で楽しくやっていると知って、ほっとしました。剛太の魅力は、都会でこそ生きると思うんです。僕みたいな泥臭い田舎者より、皆さんたちのようなおしゃれでかっこいい人たちと一緒にいる方が、剛太は幸せだと思います」

「そうでしょうか……」

睦月はぼそっとつぶやく。確かに御子柴は東京での大学生活を楽しんでいるとは思う。でも、過去の恋を口にしたときに見せた表情は、睦月が初めて目にするものだった。御子柴だって、瀬野とのことはしこりになっているに違いない。

こういうとき、自分の人間力の低さが悲しくなる。こんな重い話を打ち明けてもらったのに、どうすればいいのかわからない。いや、どうすればいいのかわかって、即座に行動できるような人間ならば、スイ研に入ることも、こうしてここにバイトに来ることもなかったわけで、自主的に有益な行動をとれないからこそ今があるとも言えるわけで……。

しばしの沈黙のあと、先に口を開いたのは瀬野だった。

「剛太には、東京で素敵な相手と出会って、幸せになってもらいたいと思っています。……でも一度だけ、一度だけでいいから、剛太と直接話がしたいんです。三年ぶりに帰って来たって知って、あのときの暴言だけでも謝りたくて、話す機会を狙っていたんですけど、ことごとく無視されて避けられてしまって……」

睦月はふと、沢渡が瀬野にコンビニまで送ってもらった話を思い出した。あのときも御子柴と話がしたくて、夜のホテルの周りをうろうろしていたのだろうか。

　こんなに逞しくてかっこいい男が、昔の恋人とただひとことでいいから言葉を交わしたい一心で胸を痛めているのだと思うと、なんとも切ない気持ちになってしまう。

「小嶋さん」

「はい?」

「なんとか剛太ととりもってもらえませんか?」

　ずいっと距離をつめられて、思わずあとずさる。

　ぜひとも役に立ちたいが、ここまでこじれたものを、自分ごときの力でどうにかできる自信はなく、迂闊(うかつ)に請け合(あ)ったりするのは却(かえ)って失礼なのではないかと考えてしまう。

　睦月の逡巡(しゅんじゅん)を見抜いたように、瀬野は小さく笑った。

「別に関係の修復に手を貸してほしいとか、そういうことじゃないんです。二人で話せる場を作ってもらうだけでいいんです。僕が直接声をかけると、避けられてしまうので……」

「……わかりました」

　睦月が答えると、瀬野の表情が明るくなった。

「ありがとうございます!」

　頼みごとを断れない性格の睦月だが、今回ばかりはそういう理由で請け負ったわけではない。瀬野のため、そして御子柴のために、少しでも役に立ちたいと思ったのだ。

実際に役に立てるかどうか、自信も確証もないけれど。

「ねえねえ、この帽子なんてどう？　川久保に似合いそうじゃない？」

ベージュの中折れ帽をかぶって、御子柴がモデルのようにポーズをとってみせる。

「川久保より、それは御子柴さんに似合う気がします」

睦月が言うと、御子柴は「あらそう？」と嬉しげに値札を確認している。

避暑地のアウトレットモールは、夏休みだけあってなかなかの賑わいだった。

今日はたまたま睦月と御子柴の休憩時間のシフトが合って、睦月は三日後に迫った川久保の誕生祝いを選ぶのにつきあって欲しいという口実で、御子柴をここに誘った。

本当のところ、プレゼントはここに来る前に買っているのだが、ほかにいい口実を思いつかなかったのだ。

喜んで同行してくれた御子柴に罪悪感を覚えながら、睦月は御子柴おすすめのショップを見て回りつつ、チラチラと腕時計に視線を落とした。

偶然を装って、このモール内で瀬野と落ち合う手筈になっていた。

こういう策略が苦手な睦月は、手汗が止まらない。本当は瀬野の頼みを請け負ったあと、川久保と沢渡に相談するつもりだった。一人であれこれ考えるより、二人に相談した方が、ずっと瀬野の役に立てる気がしたのだ。

だが、直前で思いとどまった。いくら恋人や友人相手でも、当人の了承を得ずにこんなデリケートな問題を口外するのは瀬野に対して失礼なのではないかと思ったのだ。

とりあえず今回は、瀬野が御子柴と話せる場を提供するだけなので、そんなに難しいミッションではないし、とりあえず一人で頑張ってみようと思ったのだ。

しかし、いざとなると思った以上に困難なミッションだった。まず、御子柴をだましているという罪悪感が半端ない。

瀬野とはファッションブランドが展開するカフェの前で偶然を装って落ち合い、立ち話もなんだからとカフェに誘導する手筈になっているが、瀬野の顔を見た途端、御子柴が踵(きびす)を返さないとも限らない。

なにより、アウトレットモールは思いのほか広くて、約束の時間に約束の場所へさりげなさを装いながら近づくというのは、なかなか大変なことだった。

「あ、このブレスレットはどう?」

さらに川久保の誕生祝いを選ぶという口実も全(まっと)うしなくてはならない。

睦月は様々な方面に気を散らせながら、御子柴が指し示すショーウィンドウに近づいた。

デザイン違いの皮革製のブレスレットが、ケースの中にいくつか並んでいる。アクセサリーを贈るという発想は睦月にはまったくなかった。すでに用意してあるプレゼントも、ペンケースという実用的なものだ。

「川久保っていうより、沢渡っぽくないですか？」

「確かに沢渡ちゃんにも似合いそうだけど、このシンプルなのは絶対川久保向きだって。これなら腕時計と一緒にしても邪魔にならないし」

言われてみれば、確かに似合いそうな気がする。川久保は自ら進んで装飾品をつけたりはしないタイプだが、ショップ店員をしているという姉のコーディネートで、たまに皮のペンダントやデザインの凝ったベルトをしていることがあって、それがナチュラルに似合っている。

「そうですね、確かにいいかも」

値段もほどほどだし、買い物を口実にしたからには、ちゃんと何か買わなくては。

睦月が男性店員に声をかけて、ショーケースを開けてもらうと、横から御子柴が楽しげに口を挟んできた。

「むっちゃんもお揃いで買っちゃいなさいよ」

「え、いや俺は……」

「絶対似合うって。ほら、その色の明るめの方。おにいさん、ちょっとこの子に試着させてあげて」

「かしこまりました」

「いえ、あの……」

俺はいいですと言いたいが、ノーと言えないのはいつものこと。店員がうやうやしい手つきで、睦月の左手首に皮のブレスレットをはめてくれ、「とてもお似合いですよ」と営業スマイルを浮かべる。

「こちら、ベジタブルタンニンでしっかりと革の方をなめしておりまして、真鍮のフック共々、使い込むほどに味が出てきますよ」

タンニンとかなめすとか真鍮とか、睦月にはわからない単語ばかりだったが、試着したものを断れたためしがない睦月は、店員と御子柴から交互に、

「お客様、手がきれいなのでとてもお似合いですよ」

「ホント、似合うわよ、すっごく」

とのコメントを浴びて、結局二つとも買うはめになった。

男物のブレスレットを二つ購入して、一方をラッピングしてもらうというのはなかなかの試練で、店を出る頃には手汗のみならず汗じみができるくらい脇汗をかいていた睦月だが、一方の御子柴はウキウキと楽しそうだった。

「いい買い物をしたわね、むっちゃん！　ペアのブレスレットだなんて、めっちゃロマンチックじゃない」

「あ、ありがとうございます」

どんな顔をしてこれを川久保に渡せばいいのか、いっそ渡さずにクロゼットの奥に押し込ん

でおこうかなどと考えながら作り笑顔で礼を言うと、御子柴は首を横に振った。

「お礼を言うのはアタシの方よ。素敵な買い物に誘ってくれてありがとう！　恋人の誕生祝いを選ぶのにつきあわせてくれるなんて、本当に光栄だわ」

逆に御子柴に感謝されてしまい、睦月は罪悪感で吐きそうだった。

自分は御子柴を騙していたというのに。もちろん、悪意でしていることではない。瀬野と御子柴の間の誤解がとければいいなと思って……いや、そこまでの正義感でやっていることだろうか？　単にノーと言えないから流され流されて今ここにいるのではないのか。

それなのに、やさしい御子柴は、睦月にお礼まで言ってくれる。自分はこんなダメな人間なのに、本当に周りの人たちには恵まれていて、感謝と申し訳なさで涙が出そうになる。

「あら、むっちゃん、どうしたの？　疲れちゃった？」

睦月の複雑な表情を覗き込むように、御子柴はかわいらしく小首をかしげる。

「暑いし混んでるし、喉が渇いたわね。まだ時間もあるし、ちょっとあそこでお茶でもしていかない」

御子柴が指さした先には、まさに瀬野と落ち合う予定のカフェがあった。

「ぜひ！」

睦月は勢い込んで答え、周囲に視線を走らせた。約束の時間より少し早いが、もう瀬野は来ているだろうか。

きょろきょろとよそ見をしながら歩き出したとたん、つま先が縁石に引っかかった。

「うわっ」

バランスを取る暇もなく、膝からころっと転んでしまった。

「ちょっとむっちゃん、大丈夫!? やだ、血がでてるじゃないのっ」

御子柴がモンキーバナナのような手で両頬を押さえて青ざめる。避暑地の休日というTPOに合わせてハーフパンツだったせいで、むき出しの膝と脛をコンクリートで擦ってしまった。転んで擦りむくなんて、小学校の運動会以来のことだった。

「大丈夫ですか?」

低い声とともに頭上に影が差した。顔をあげると、瀬野が心配顔で覗き込んでいて、睦月が立ち上がるのに手を貸してくれた。

「冬紀?」

御子柴が驚いたようにその名をつぶやく。

「剛太。こんなところで会うなんて、偶然だな」

応じる瀬野の声はややわざとらしかったものの、幸か不幸か一同の視線と意識は睦月の怪我に集中していた。

「絆創膏と薬を買ってくるから、そこのカフェで待ってて」

有無を言わさず言い置いて、瀬野は駆け出して行った。

状況が状況だけに、御子柴は瀬野の言いつけに素直に従って、睦月をカフェへといざなった。

「また派手に擦りむいたわね。痛くない？」

ソファシートに並んで座った御子柴が、甲斐甲斐しく睦月の擦り傷をティッシュで拭いてくれる。

「大丈夫です。間抜けですみません」

すぐに瀬野が息を切らしてもどってきた。モール内のコンビニで買い物をしてきてくれたらしい。

傷口の処置が一段落すると、テーブルは一瞬しんとなった。

今になって、自分はどこまで知っている設定にすればよかったんだっけと焦る。睦月も瀬野も不器用なところは共通していて、今日はここで落ち合うこと以外、細かい打ち合わせなどはしていなかった。

そんな睦月の動揺を察してか、瀬野が睦月に向かって言った。

「剛太の幼馴染の瀬野といいます」

なるほど、初対面設定でいくつもりらしい。

「俺は御子柴さんのサークルの後輩で小嶋といいます。絆創膏、ありがとうございました。お礼にお茶をごちそうさせてください」

睦月にしてはうまく返せたと思ったのだが、

「いや、お礼を言うのはこっちなので、僕にごちそうさせてください」

うっかり素に戻ってしまったらしい瀬野が、一瞬にして場を台無しにした。

「お礼？　なんのお礼よ？」

瀬野が「しまった」という顔になり、睦月も視線を泳がせる。

御子柴はいつもは真ん丸な目を細めて、瀬野と睦月を交互に見た。

やがて瀬野が降参したように息を吐いた。

「ごめん、僕が小嶋くんに頼み込んだんだ。剛太と話す場をセッティングして欲しいって」

御子柴は呆れ顔になって睦月を見た。

「それであんななんでもないところで転んでみせたの？」

「ち、ちがいます！　転んだのは素です」

「はー。せっかく楽しい日だと思ったのに、台無しね」

御子柴はふくれっ面でメニューを引き寄せ、しばし眺めたのち、ウエイターを呼び止めた。

「ブルーベリーのミルフィーユと、ピーチタルトと、メロンショートを。飲み物はアイスティーで」

「お飲み物はおひとつで大丈夫ですか？」

ケーキとドリンクの数が合わないことを、ウエイターが遠慮がちに訊ねてくる。

「いいの、それはアタシ一人分だから」

ワンカット千円近いボリュームのあるケーキを一人で三つ注文する客にやや気圧(けお)された様子のウエイターに、睦月と瀬野はアイスコーヒーを注文した。

やがて運ばれてきたケーキを、御子柴は無言で口に運んだ。その様子を見つめながら、瀬野がそっと声をかける。

「剛太、元気そうで本当によかった」

「ええ、おかげさまで。アンタに言われた通り、同好の豚たちと毎日楽しくやってるわ」

とげとげしい御子柴の言葉に、瀬野は怪訝(けげん)そうな顔になる。

「豚って……小嶋くんもほかの友達も、スリムなイケメンばかりじゃないか」

「後輩たちはイケメンだけど、同級生はみんな豚なのよっ！」

キレキレの御子柴は、本当にブヒブヒいいだしそうな勢いでケーキを平らげていく。

睦月はアイスコーヒーをちびちびと啜(すす)りながら、固まっていた。第三者の睦月が場を仕切るべきなのかもしれないが、とてもうまく仕切れる自信がない。

「いや、そのことなんだけど。あんなひどいことを言うつもりはなかったんだ。ずっと謝りたくて……。本当にごめん」

「いいのよ、気にしないで。冬紀が本当は小さくてかわいい女の子が好きだってことは知ってたし」

「え？」

「コクられてつきあうはずだったあの子、クラスでいちばんかわいい子だったわよね。それなのにアタシが邪魔しちゃって」

「違うよ、あれは……」

「だからいいって。むしろ感謝してるわ。冬紀が本音をぶっちゃけてくれたおかげで、アタシはこの町を出る決心がついて、今東京で楽しい毎日を送ってるんだから」

それが本音ではないことは、睦月にもわかった。

「剛太。ひとこと言わせてほしい」

瀬野が精悍な顔に真摯な表情を浮かべて言った。

そうだ！　今こそすべての誤解を解くときだ！

睦月は御子柴の横で、手に汗を握りながら瀬野の次の言葉を待った。

「ケーキを一度に三つも食べるのは身体によくないよ」

だが、続いた瀬野の言葉は、思わずがくっとくるようなものだった。そこじゃなくて……今はそういうことじゃなくて……。

案の定、御子柴がまなじりをつりあげる。

「うるさいわね！　アタシが何を食べようと勝手でしょ！」

「いや、だけど……」

「アンタがデブ嫌いなのはわかってるわよ。でも、今は赤の他人なんだから、アタシがどんなに太ろうと、関係ないでしょ」

「僕はただ、剛太の健康が心配で……」

「おかげさまでこの春の健康診断でもなにひとつ悪いところはなかったわ」

御子柴はやけのように次々とケーキを平らげていく。ハラハラと見守っている睦月と目が合うと、一瞬動きを止めた。

「あら、ごめんね、むっちゃん。すすめもしないで。これ、おいしいからひとくちどうぞ」

大きく切ったミルフィーユをフォークですくって、親しげに睦月の口元につきつけてくる。

それを瀬野が複雑そうな表情でじっと見つめている。

「いえ、俺は……」

「アタシと間接キスはイヤ？　もう、みんなしてアタシを嫌うんだから」

「そうじゃなくて、あの、いえ、いただきます」

結局はいつものようにノーと言えない性格を発揮(はっき)して、瀬野の視線を痛いほど感じながら、御子柴の手からケーキを食べる。

「どう？」

「おいひいでふ」

口いっぱいに頬張って、もごもご言っていると、テーブルの上にあった瀬野の携帯が振動した。

「ちょっとごめん」

遠慮がちに携帯を手に取り、いったん店を出て行った瀬野は、通話を終えると肩を落として戻って来た。

「ごめん、急な配達が入っちゃって」

「ごめんもなにも、たまたま通りかかっただけでしょ？　さっさと行って」

取り付く島もない御子柴の様子に、瀬野は逞しい肩を更に落として、財布を取り出した。それを御子柴が手で制した。

「いいわよ、コーヒー代くらい払っておくから」

「そういうわけには」

「いいから。そんなはした金、しまってちょうだい。アタシのこと誰だと思ってるの？　かつてアンタが下心で取り入ろうとした、御子柴グループの御曹司よ？」

嫌味をこめた御子柴の言い方に、瀬野はぐっと唇を噛んだ。

そうじゃないってちゃんと否定してください！　と、心の中で強く念じたが、瀬野はうつむき踵を返した。

「冬紀」

その背中に、御子柴がふとやわらかく声をかけた。

「むっちゃんに絆創膏をありがとう。助かったわ」

御子柴の微笑(ほほえ)みに、瀬野は複雑な表情を浮かべ、ただ無言で頷いて立ち去った。

睦月が追いかけて呼び止めるべきか迷っているうちに、瀬野の背中はモールの人ごみの中へ消えていった。

御子柴とひとことでもいいから話したいと言っていた瀬野。でも、瀬野が望んでいた会話は、きっとこんなものではなかったはずだ。自分がもっと機転がきいて有能だったら、二人の関係修復に手を貸せたかもしれないのに。

「変なことに巻き込んじゃってごめんなさいね」

御子柴が三つ目のメロンショートを食べながら睦月にやさしく微笑みかけた。

「……いえ」

「冬紀になんて頼まれたの?」

「御子柴さんと話したいって。謝りたいことがあるって」

ふふふと笑って、御子柴はおいしそうにケーキを口に運ぶ。

「ツンツンしちゃったけど、ホントはもう怒ってないのよ。そりゃ、いきなり振られたときはショックだったけど、おかげでアタシは東京の大学に進学することになって、それで土井(どい)ちゃんやみんなに出会えたし、むっちゃんとだって知り合えたんだし。ん、これもおいしいわ。はい、あーん」

店内の視線を一心に浴びている気がしながらも、睦月はだまってケーキのお裾分(すそわ)けをいただく。

「やっぱりアタシみたいな人間は、都会の方が生きやすいのよ。まあほら、一人息子だし、いずれは父様の仕事を継ぐことになるけど、でも、一度でも東京に出ることができて、広い世界で気楽に息をして、今はとっても楽しいわ」

「……俺なんかが口を出すことじゃないと思うんですけど、瀬野さんが御子柴さんに、その、心無い言葉をぶつけたのは、きっとなにか深いわけがあったんだと思います」

「むっちゃんにまで気を使わせて、ホントごめんね」

御子柴は、どこか遠くを見るような顔でつぶやく。

「最初から、冬紀がアタシを好きなんて、ありえないってわかってたの。だってあの人、ああ見えて学校でいちばんモテたのよ？」

「ああ見えてっていうか、見るからにモテそうな感じがします。逞しくてかっこいいし、朴訥（ぼくとつ）で誠実な感じで」

「まあね。ホントはつきあうはずの女の子がいたのに、アタシが邪魔しちゃったのよ。ダメ元でずっと秘めてた想いを伝えたら、実は僕も、って言ってくれて。アタシの人生で一番幸せな瞬間だったわ」

ケーキを口に運ぶ手を止めて、御子柴は幸せそうに微笑んだ。

「つきあっている間はずっとラブラブだったから、まさか打算だったなんて思いもよらなくて、ショックだったけど、今はいい夢を見せてもらったと思ってるわ」

「打算とかじゃなくて、なにか理由があったんじゃないでしょうか」

「むっちゃんはやさしいわね」

御子柴はグローブのような、でもつるつるでフェミニンな手で、睦月の頭をポンポンと撫でてくれた。

「そうね、少なくとも、小学生の頃、男子にいじめられるたびにその子とケンカして助けてくれた冬紀には、打算なんかなかったって信じてるわ。冬紀は小さい頃からやさしくてね、アタシたち、本当に仲良しだったのよ」

涙腺が崩壊しそうになるのを、睦月はぎゅうっと奥歯を噛んでこらえた。

今だって、瀬野はとてもやさしくて、御子柴のことを心から想っているのだ。

すべてをぶちまけてしまいたい。瀬野は別れたくて別れたわけではないのだと。だが、本人が言わずにいることを勝手に暴露したりしてはいけない。理由があって言わずにいることを第三者が暴く権利なんてあるはずがない。

もどかしくて歯がゆくて切なくて、どうにかして瀬野の気持ちを御子柴に伝えたかったし、御子柴が瀬野のことをすっかり忘れて面白おかしく今を生きているわけではないと、瀬野に伝えたかった。

最後のひと口まできれいに食べきると、御子柴は茶目っ気たっぷりに耳打ちしてきた。

「ここのケーキ、高いだけあっておいしいけど、トッピングのブルーベリーはうちのホテルで出しているものの方がずっとおいしいと思わない？」

三平ホテルのブルーベリーは、瀬野の農園のものだ。それを思うと切なくて、睦月は何度もこくこくと頷いてみせた。

「そういえば今日の昼休み、ミコちゃんさんとどこ行ってたの？」

その日の夜、寮の部屋で寝る支度をしていると、沢渡が思い出したように訊いてきた。

「ちょっとアウトレットに買い物に……」

「えー、なんだよ。俺も誘えよ」

「ごめん、休憩時間が合わなかったから」

「俺も行きたいから、東京に戻る前につきあえよ」

そこでふと、沢渡は何か思い至ったように、川久保がシャワーを浴びている浴室の方に視線を送った。

「もしかして、川久保の誕生日プレゼントの買い出しか？　確かもうすぐだったよな」

「ああ、うん」

「ったく小嶋のくせにリア充とか、マジむかつくわ」

口をへの字にしてみせたあと、沢渡はふと意味深げな笑みを浮かべて睦月に顔を近づけてきた。

「川久保ってさ、セックスのときどんな感じ？」

「えっ」

いきなり際どい質問をされて、睦月は思わず声を裏返す。

「普段は結構無表情で淡白そうだけど、そういうときは情熱的になったりすんの？」

「い、いや、あの……」

「いいじゃん、もったいぶらずにそれくらいの好奇心は満たさせろよ。川久保に関してはおまえは勝ち組で、俺は負け犬だろ？　かわいそうじゃん、俺」

「そ、そんな……」

「川久保のってやっぱデカいんだろ？　そのちっちゃい尻につっこまれて、壊れたりしてない？」

「いや、まだそこまではしてないし……」

ぐいぐい来られて、つい言わなくてもいいような情報をもらしてしまうと、案の定沢渡が食いついてきた。

「え、まだやってないの？」

「やってないっていうか……普通に、なんていうか、色々アレだけど、その、最後までは……」

「は？　なにそれ？　小学生かよ」

心底呆れたような顔で見られて、睦月はオロオロと視線を泳がせる。

「がっかりだなぁ。川久保がそんな腰抜けだったなんて」

「ち、違うよ、川久保が悪いわけじゃなくて……」

「おまえが焦らしてんの？　小嶋のくせしてマジで生意気だな」

「焦らしてるとかじゃなくて、勇気が……その……」

睦月の脳裏を過るのは、今日、御子柴と瀬野の関係の修復になんの手助けもできなかった、自分の不甲斐なさだった。

今に始まったことじゃない。いつだってそうだ。自分は優柔不断で、事なかれ主義で、頼りなくて、何の役にも立たない。

そういうところを川久保は物珍しいと思って興味を持ってくれたようだが、そんな物珍しさが長く続くとは思えない。御子柴と瀬野のために何もしてあげられなかったように、自分はきっと川久保の役にも立たなくて、当初の物珍しさを過ぎたら、つまんないやつって思われるんじゃないだろうか。

そう思うと、積極的に最後までする勇気が持てない。川久保の方もぜひ最後までという雰囲気ではないし、やっぱり今は試用期間なんじゃないかなと薄々思っている。

「まあ初めてのときは確かに怖いよな。ケツが裂けたらどうしようとか」

沢渡は勇気という言葉を違う方向に解釈したようだった。もちろんそっち方面の不安もないわけではないが。

「でも、事前にしっかり準備すれば、意外と大丈夫なもんだぜ？」

そう言うと、沢渡は自分のキャリーケースを開けて、なにやらボトル状のものを持って戻って来た。

「これ、特別にやるよ」

「……なに？」

「ラブローション」

さらっと言われて、顔が熱くなる。

「そ、そんなもの、いつも持ち歩いてるの!?」

「いつもじゃねえけど、今回は川久保とお泊まりだから。あわよくば乗っかって寝とってやろうかなって」

恐ろしいことを平然と言い放つ沢渡に、顔に上った血が今度は一気に引いていく。

「でも、おまえがあまりにも情けなさすぎて、出し抜いても大した優越感に浸れそうにないから、やめた」

ぽいと放られたボトルを、睦月はあわあわと受け止めた。

「とにかく、女と違って男は自力では濡れないから、それでたっぷり潤わせて、焦らず時間をかけて解すのが大事だ」

「あ、あの……」

「事前に自分でよーく広げておけ」

「沢渡、」

「そんでさらに、川久保にそれを渡して、たっぷり前戯に使ってもらえ」

「あの……」

「うしろだけじゃなくて、前に使っても気持ちいいから。川久保としごき合うもよし、自分でするもよし。あ、男でもおっぱいが感じるって知ってる？　それ、乳首に垂らしてヌルヌルしてもらうと、すげえいいよ？」

もはや親切なのかセクハラなのかわからず、睦月は口をパクパクさせた。

そのとき、ガチャッと洗面所の折れ戸が開いて、川久保が出てきた。その音に驚いて、睦月は猫のようにぴょんと飛び退いた。

「……どうした？」

睦月の尋常ではないビビり方を見て、川久保が怪訝そうに訊ねてくる。

「な、なんでもないです！」

動揺のあまりなぜか敬語になりつつ、睦月はいかがわしいボトルをハーフパンツのポケットに押し込んだ。

沢渡がのんきそうに「んー」と伸びをする。

「俺、ちょっとミコちゃんさんのとこに遊びに行ってくるわ」

「こんな時間にか？」

川久保が眉をひそめる。

御子柴はここではなく、寮とホテルのちょうど中間にある実家で寝起きしている。

「夜風、気持ち良さげじゃん。ここで過ごすのもあと二日だし、せっかくだから高原の夜の空気を堪能（たんのう）してくるわ」

川久保に言ったあと、沢渡は睦月に向かってニヤリと笑い、口の形だけで「頑張れよ」と言い残して部屋を出て行ってしまった。

「まったく気まぐれなやつだな」

何も知らない川久保はタオルで髪を拭（ふ）きながらベッドに腰をおろした。

「今日、なにかあったか？」

川久保に訊かれて、ドキリとなる。

「別になにもないけど、どうして？」

「なんとなく、夕方から元気がないから」

「……そうかな」

「正確には、ここ数日、挙動不審な雰囲気だ」

色々と見抜かれていることに驚いた。確かに、数日前に瀬野の打ち明け話を聞いてから、ずっと気もそぞろだった。

「それは俺が解決できることか?」

訊かれて、睦月は少し考えた。川久保に話してしまえば、睦月の気持ちは楽になる。でも、問題を解決できるのは当事者の二人だけなのだ。自分が楽になるために、当人たちの了承を得ずに秘密を漏らして、川久保までも悩ませるのは、身勝手というものだ。

「心配してくれてありがとう。どうにもならないときには、相談するね」

うまく言えなくて意味深な返しになってしまったが、川久保はそれ以上立ち入ってこなかった。

「慣れない土地でのバイトで、気疲れしたんだろ。お茶でも飲むか? ホテルの賄い(まかない)の残りのキッシュもあるし」

川久保は部屋に備え付けの電気ポットに水を入れた。

都心の熱帯夜にあたたかい飲み物を飲むなんて考えられないが、高原の夜は羽織るものが欲しくなるような涼しさで、熱いお茶が欲しくなる。

川久保の入れてくれた紅茶は、とてもおいしかった。

「賄いにしては相当豪華だよな、このキッシュ」

夏野菜がぎっしりと焼きこまれたキッシュに豪快にかぶりつきながら、川久保が言う。

「レストランで使った野菜の残りを色々入れて作ってるみたいだけど、残りっていっても全部新鮮だし、ある意味レストランで出してるのより豪華だよね」

　枝豆、ズッキーニ、カボチャ、パプリカ、なす、コーン、プチトマト。味の濃いたっぷりの夏野菜を生クリームとチーズのコクが包み込み、何ともいえずおいしい。

「バイトもあと二日か。長かったような短かったような」

「だね。土井さんたち、結局バイトには参加できなくて、最終日に顔だけ出すって言ってたね」

「かき氷ツアーがてらな」

　睦月たちを迎えに来るような形で、一緒に東京に戻ることになっている。

「向こうに戻った翌日が、川久保の誕生日だね」

「そうだったな」

「何か欲しいものある？」

　すでにプレゼントは複数買いしてあるが、話の流れでつい訊ねてみる。

「ある」

　妙にきっぱりとした答えが返ってきたので、睦月はちょっと焦った。

「どうしよう、俺のプレゼント、川久保が欲しいものじゃないかも」

　かもというより、絶対違うと思う。ペンケースとか、ブレスレットとか、そんな些細(ささい)でピンポイントなものを、川久保がきっぱり断言するほど欲しがっているとも思えない。

「そんなことはないと思う」

川久保は白い歯を見せて笑う。

「とりあえずケーキを買っていくね。何系がいい？」

「小嶋に任せる」

「俺のチョイスでいいの？」

そんなとりとめのない会話をしていると、突然部屋のドアが開いて、沢渡が顔を覗かせた。

「あれ、なんだよ。ちょうど盛り上がってるタイミングかと思って乱入したのに。なに年寄りみたいに茶飲み話なんかしてるんだよ」

川久保が眉をひそめる。

「珍しく気をきかせてくれたと思ったら、またそういう下世話な謀略だったのか」

「ピンポーン！　……って言いたいところだけど、そうじゃなくてさ、ミコちゃんさんちの近くまで行ったら、今夜もハリウッドに遭遇したんだよね。ミコちゃんさんちをじーっと見つめて、めっちゃホラーなオーラ出してた」

瀬野がどれだけ御子柴のことを好きなのかと思うと、睦月の胸はきゅうっと痛んだ。

「なにかミコちゃんさんに恨みでもあってストーキングしてるのかな？　ミコちゃんさんに話して、警察に相談した方がよくね？」

「そうだな」

川久保まで同意して、話が変な方向に進みそうになったので、睦月は慌てて割って入った。

「あの人はそんな人じゃないから大丈夫だよ」

「は？　なにを根拠に？」

沢渡が胡乱げな視線を向けてくる。

「いや、あの、ちょっと喋ったことあるけど、すごくいい人で、御子柴さんに対しては全然そんな悪感情はもってなさそうだったよ」

「ちょっと喋ったくらいで何がわかるんだよ」

沢渡は疑わしげだったが、良くも悪くもそこまでの正義感を持ち合わせているタイプではなく、

「あ、ずりい、俺にもキッシュ！」

興味はすぐにほかにそれて、瀬野の話はなんとなくうやむやになった。

4

バイト最終日は、午前のシフトのみで終了の予定で、朝食のビュッフェの営業終了時間になると、なんとなくもの淋しい気持ちになった。

「なりゆきでついてきたけど、案外楽しいバイトだったよな。ここの賄い、めっちゃうまかったし」

沢渡でさえ、名残惜しそうな顔で言う。

睦月の心残りは、なんといっても御子柴と瀬野のことだった。

寮に荷物を取りに行く前に、睦月と川久保と沢渡の三人は初日に案内された社長室へと呼ばれた。御子柴はあと一週間残るということで、今もベルボーイの業務中だった。

社長室では、御子柴の母が息子によく似た笑顔で三人を労ってくれた。

「急なお願いだったのに、快くバイトを引き受けてくださってありがとう。皆さんしっかり働いてくださって、本当に助かったわ。これ、よかったらおうちの皆さんと召し上がってね」

御子柴ベーカリーの焼き菓子とジャムが入った紙袋をそれぞれに手渡され、お礼を言っているところに、父親が顔を覗かせた。

「ああ、皆さん、今回はどうもありがとう。あんな恥ずかしい息子だが、まあ今後ともお見捨てなきように、ひとつよろしく」

言い置いて、忙しげに立ち去ろうとする。

気づいたら、母親と談笑している川久保たちを残して、睦月は父親の背中を追いかけていた。

「あの！」

通路で呼び止めると、父親は訝しげに振り向いた。

「ん、なんですか？」

恥ずかしい息子、という表現がひっかかって思わず追いかけてしまったが、我に返ると、単に親として子供を謙遜しただけだったのではないかとも思える。愚息ですがとか豚児ですがとか、日本人には独特の謙遜の美学があるし。

「あ……あの、お世話になりました。素敵なホテルで働かせていただいて、とても楽しかったです」

「それはよかった。今度はぜひ、ゲストとして遊びにいらしてください」

にっこりと微笑んだ父親の顔は、睦月の肩越しに何かを見て、真顔に戻る。

父親の視線を追って振り返ると、ベルボーイの制服に身を包んだ御子柴が、乙女走りでこちらに近づいてくるところだった。

「おまえは仕事中だろう」

「チェックアウトが一段落したから、ちょこっとみんなにお礼とお別れを言いに来たのよ」

「その喋り方、どうにかならないのか。今の走り方だって、まるでオカマみたいじゃないか」

「みたいじゃなくて、それそのものだって何度も言ってるでしょ」

「まったくおまえというやつは。どうして彼のように普通の大学生でいられないんだ。いい加減にまともになれ」

彼、と指さされて、睦月は居心地悪く身を縮める。自分は到底、大人世代からこうあって欲しいと望まれるような男子像とは程遠い。御子柴の方がよほど人間力に優れているのに、どうして実の父親にはそのことが理解できないのだろう。これが隣の芝生というやつなのか。よその息子は立派に見えるのかな。内実を知らないだけに。

「アタシはアタシなりに、まともにやってるつもりよ」

「だから、そのアタシとかいう喋り方をやめろと言ってるだろう。おまえの大学の友達だって、顔に出さないだけで内心はみんな気持ち悪いって思ってるんだぞ。周りじゅうから愛想をつかされる前に、まともになれ！」

睦月は思わず口を挟んだ。

「あの、御子柴さんはとても素敵な人で、みんなに愛されています。愛想をつかすなんて、絶対にありえないです」

父親が呆れたように睦月を見た。

「きみは他人だからそんなきれいごとが言えるんだ。自分の身内がオカマだったら、きみだってそんな態度はとれないはずだ」

「そんな……俺は、俺だって」

男とつきあってるし、と思わず口走りそうになったところで、御子柴が温厚な笑みでそれ以上言うなというように首を横に振ってみせた。

「ありがと、むっちゃん。もういいのよ、大丈夫。父様とわかりあえないのは仕方のないことだから」

息子に一枚上手の態度を取られてイライラしたのか、父親は声を荒らげる。

「本質を変えられないというなら仕方ない。だがせめて、まともなふりをしろ。おまえはこのホテルを継ぐ人間だ。ちゃんと女性と結婚をして、跡継ぎを作る義務があるんだ」

御子柴はむっとしたように眉根を寄せる。

「仕事のときは、父様の言う『まともなふり』をしてるつもりよ。でも結婚は無理。アタシは女の子には恋愛感情を持てないもの」

「恋愛感情なんか持たなくてもいい。そんなもの、結婚に必要ない。子供を作るのも仕事の延長と思え」

「またすぐそうやって無茶なことを言うんだから。だからここに帰ってくるのはイヤだったのよ」

「生意気な口をきくな。誰のおかげでそこまで大きくなれたと思ってるんだ」

「はいはい、父様と母様のおかげです。親孝行なら、別の形でするわよ」

「おまえがまともになるのが、なによりの親孝行だ！　そうでなきゃ瀬野農園のせがれを脅してまで別れさせた意味がないだろう！」

苛立ちに任せたように口走った直後、父親は「しまった」という顔になる。御子柴も「え？」という表情で父親を見つめた。

「……冬紀を脅した？　どういうことよっ!?」

思いがけない展開に、睦月は息を呑む。

息子のボリューム感のある巨体に詰め寄られて、父親はやけのように怒鳴り返した。

「身を引くように言ったら、あいつは『剛太くんのことは命がけで守ります』なんて言い返してきたんだ。なにが守るだ。噂になり始めている時点で、まったく守れてないじゃないか。だから、別れないならうちと瀬野農園との取引は考えさせてもらうって言ってやったんだ。おまえの親や兄弟が路頭に迷ったら、それはすべておまえのせいだとな」

「なにそれっ。最低！」

「私は自分の息子を守り、約束通り瀬野農園との取引を続けてあの一家の生活も守った。むしろ最高の人間だと思うがね」

御子柴のつぶらな瞳がいっぱいまで見開かれる。

「アタシと冬紀がどれだけ苦しんだと思ってるの！　どうせ冬紀にそのことを口止めしたんでしょう？　だから冬紀はあんなひどいことを言うしかなくて……言った冬紀だってどんなにつらかったか……」

ふとなにかを思い出したように、御子柴は睦月の方を見た。

「この前のアウトレットの件は冬紀に頼まれたって言ってたわよね？　冬紀は、まだアタシに未練があると思う？」

もう胸にしまっておく必要はないだろうと、睦月は大きく頷いてみせた。

「瀬野さんは、御子柴さんのこと、ずっと忘れられずにいるって言ってました」

「……アタシ、冬紀の農園まで行って、話をしてくるわ」

「誰がそんなことを許すと言った」

「許してもらわなくても行くわ」

「剛太！」

「冬紀とのことを認めてくれないなら、アタシはこのホテルは継ぎません」

「……なんだと？」

「確かにアタシは子供は作れないけど、アタシが継げば、少なくとも父様が生きている間にこのホテルの伝統が途絶えることはないわ。でも、これ以上冬紀とのことを邪魔するつもりなら、ホテルは父様の代で終わることになると思って」

「お、おまえは親を脅迫するつもりか」

「最初に冬紀を脅迫したのは父様でしょ」

そう言い捨て、御子柴は通用口の方に向かおうとする。

「ミコちゃんさん、さっき瀬野農園の軽トラが、奥の方に入っていきましたよ」

沢渡の声がして振り返ると、いつの間にか社長室から出てきていた川久保と沢渡、そして御子柴の母親が、こちらを見ていた。

「ありがと、沢渡ちゃん！」

大柄な体に似合わぬ敏捷さで、御子柴は厨房の方に走っていった。

「なんだかよくわからないけど、ハリウッドに関しては小嶋の推理が当たってたってことみたいだな」

御子柴の後ろ姿を目で追いながら、沢渡が言う。

「この間からおまえが何か悩んでたのは、このことだったのか」

川久保の言葉に、睦月は「ごめん」と謝った。

「二人にも相談したかったんだけど、人の秘密を軽々しく話すのはどうかなって思って……」

傍らでは、御子柴の両親がなにやら言い争いを始めている。

「だから最初から二人の好きにさせてあげましょうって言ったじゃないの」

「あんなのは一時の気の迷いだ。剛太には何が何でもまともな結婚を……」

「剛ちゃんには剛ちゃんの人生があるの」

「だからって、跡継ぎ不在でこのホテルの歴史を終わらせるなんて、あってはならないことだ」

「婿入りしてくれたあなたが、跡継ぎのことをことさら気になさるのはわかるし、感謝もしてるわ。でも、私は跡継ぎが欲しくてあなたと結婚したわけじゃないわ。あなたが好きだと思ったからよ」

「だが、私は先代にこのホテルの将来を託されたんだ」

二人のやりとりを見て、

「老舗ホテルっていうのも色々大変なんだな」

感心したようにひそひそと言って、沢渡はいたずらっぽく目を輝かせた。

「それより、ミコちゃんさんの様子を見に行こうぜ！」

話に夢中になっている両親を残して、睦月と川久保は沢渡に引っ張られるまま、外を回って厨房に向かった。

タイミングよく、ちょうど厨房の裏口から、御子柴と瀬野が出てくるところだった。三人で車の陰にかくれて、そっと様子をうかがう。

「ごめんなさい。アタシ、何も知らずに冬紀を責めて恨んで……」

「こっちこそ、あんな心にもないことを言って剛太を傷つけて……ずっと謝りたいと思ってたんだ」

「冬紀はちっとも悪くないわ。悪いのは父様だし、アタシがデブなのは事実だし」

「僕は昔から、剛太のふくよかなところが好きだよ」

「冬紀……」

「ごめんな。僕がもっと強くて、力があったら、こんな回り道はしないで済んだのに」

「冬紀は、自分さえよければほかの人を犠牲にしてもいいっていう人じゃないもの。そういう冬紀だから好きなのよ」

砂吐きそう……と沢渡が小声で茶化して身悶える。

「今度はアタシが冬紀を守るわ。うちとの取引を気にして、ビクビクすることなんてないの。父様に何か言われたら、もう御子柴グループには卸さないって逆切れしてやりなさいよ。冬紀の作る野菜や果物なら、東京の高級飲食店からも引く手あまたよ」

「ありがとう」

瀬野は大人びた顔で微笑んだ。

「悔しいけど、御子柴社長には感謝もしてる。うちの作物をすごく評価してくれてるし、災害で不作の年にも惜しみなく援助してくれて。だから御子柴社長にちゃんと認めてもらえるように、今度こそ何度でもぶつかってみるよ」

「父様はカッチカチに頭が固いから、跡継ぎを作れないゲイカップルなんか永遠に認めてくれないと思うわ」

「僕は剛太のためなら、子供だって産めそうな気がしてる」

真顔で言う瀬野に、御子柴が噴き出した。

「ちょっと、やだぁ。っていうかだったらアタシが産むわ。パパよりママって呼ばれたいもの」

くすくすとひとしきり二人で笑いあったあと、瀬野が御子柴を抱き寄せた。

「大好きだよ」

「アタシも」

二人のシルエットが、ぴったりと重なる。

「うおー、めでたしめでたしだな。ビジュアル的にはやっぱちょっと受け入れがたいけど、ミコちゃんさんが幸せそうだから許すわ」

小声で茶化しながら睦月の方を向いた沢渡が、ぎょっとしたように目を見開いた。

「って小嶋、なに泣いてるんだよ⁉」

睦月は溢れる涙を止めることができず、えぐえぐとしゃくりあげた。

「だって……よかったなって思って。誤解がとけて、二人が仲直りできて……」

「いつからそんな感激屋になったんだよ」

引き気味の沢渡とは対照的に、反対隣から川久保が睦月の頭をポンポンと撫でてくれた。

「色々頑張ったんだもんな。よかったな」

川久保なりに察するところがあるらしくねぎらいの言葉をかけてくれて、そのせいでさらに涙が止まらなくなる。

「俺は全然、なにもできなかったけど、ホントに、ホントによかったなぁって……」

「とりあえず鼻水かめよ」

ドン引き顔をしながらも、沢渡がポケットティッシュを渡してくれる。

睦月は二人の間でしばらく安堵と感動の涙に溺れたのだった。


「本当にいいのかなぁ」

ベッドに腰をおろしておしゃれな客室内を眺めながら、睦月は今日何度目かしれないつぶやきをこぼした。

「御子柴さんがぜひにっていうんだから、甘えさせてもらえばいいだろ」

窓辺に立って夜風にあたっていた川久保が、睦月を振り返って微笑む。

御子柴と瀬野の仲直りに沢渡の先導で乱入して、ひとしきり祝福したあと、東京から来た土井たちと合流して、御子柴を除くメンバーで半日スイーツ巡りを兼ねた観光をした。

その足で土井たちと一緒に東京に戻る予定だったのだが、睦月の携帯に御子柴から連絡があった。

『冬紀とのことではむっちゃんにすっごくお世話になったし、明日は川久保の誕生日なんでしょ？　お礼とお祝いを兼ねて、客室を一室確保したから、川久保と二人でもう一泊していって♡』

という誘いだった。まったくなんの役にも立てていない睦月は辞退するつもりだったが、ぜひにという御子柴の強い願いと、意外にも乗り気な川久保のおかげで、結局厚意に甘えることになった。

沢渡がへそを曲げるかと思ったが、久しぶりに会った先輩たちにあれこれ構ってもらったのが新鮮だったらしいのと、田舎暮らしに飽きてきたようで、案外ウキウキと東京に帰って行ってしまった。

「沢渡がいないと、なんだか急にしんとしちゃうね」

「そうだな」

昨日まで自分が働いていたビュッフェレストランで、今夜は客として夕食を食べ、大浴場でのんびりと温泉を堪能したあと、こうして部屋に戻って来たら、急にドキドキしてきた。

二人で過ごせることが嬉しくてときめいているのが半分、緊張が半分。

窓際にいた川久保が窓を閉め、カーテンを閉める音にもドキッとなる。

ナイトスタンドを挟んだ隣のベッドに向かい合うように腰をおろすと、川久保は睦月の顔を見て笑った。

「まだ目が腫れてる」

昼間の泣きすぎを指摘されて、睦月は決まり悪く目を伏せた。

「つい感動しちゃって……」

「俺や沢渡の知らないところで、色々頑張ってたんだもんな」

「いや、ただおろおろしてただけで」

「小嶋はホント色々巻き込まれやすいよな」

「結局なんの力にもなれなかったうえに、へんに頭でっかちに考えちゃって一人で抱え込んでたけど、今になってみれば、やっぱり川久保たちにちゃんと相談すればよかった」

「小嶋のそういうクソ真面目なとこ、俺は好きだけどね」

さらっと「好き」という言葉を挟み込まれて、心拍数があがる。

「あ、ありがとう。でも結局、いつもなんの役にも立たないけど」

「それは卑下しすぎだろ。サークル内での評価は高いし、今回のことだって役に立ったからこそこうやって御子柴さんがサービスしてくれたわけだし」

川久保は立ち上がって、睦月の隣に移動してきた。肩が触れる距離に座られると、さらに胸がドキドキしてくる。

御子柴と瀬野の仲直りを見て、恋愛感度があがっていることもあり、久しぶりに川久保に触りたいし、触られたいという欲求がこみあげてくる。一方で、今日こそ最後までいたすのだろうかという不安も覚えていたりする。

もはや、その不安の正確な正体が、自分でもよくつかめない。

沢渡に指摘されたように物理的な不安もあるし、精神的な不安もある。だが、自分を深く深く問い詰めていくと、意外な不安に行き当たる。睦月が逃げ腰のせいもあるが、ことこれに関しては、川久保の押しの弱さが不安だった。

最後までするのも怖いが、してもらえないのも怖い。これこそが巻き込まれ型人生の弱点なのか、決定権を自分で持てない性格上、すべては相手次第なので、どんな状況においても不安は尽きない。求められた挙げ句、なんだか無様なことになりそうなのも怖いし、逆に求めてもらえないのも怖い。我ながら、ばかみたいだと思うけれど。

「御子柴さんの厚意は川久保の誕生祝いがメインで、俺の方はおまけだと思うんだけど。……あ」

ふと思い出して立ち上がると、睦月の肩に手を回そうとしていたらしい川久保が、宙に右手を浮かせたまま「どうした？」と訊ねてきた。

「本当は帰ってから渡すつもりだったけど、誕生日プレゼント、今渡してもいい？」

「なにかくれるの？」

「たいしたものじゃないんだけど」

睦月はキャリーケースを広げて、まず一つ目のプレゼントを渡した。

「まだ数時間早いけど、誕生日おめでとう」

「サンキュー。開けてもいいか？」

「うん」

包みを開いて、川久保は笑顔になった。

「あ、ペンケース？　今使ってるやつ、ファスナーの調子が悪くて買い替えようと思ってたとこだったんだ。サンキューな」

礼を言いながら、川久保は睦月に自分の隣へ来るようにと促す。だが、睦月は再びキャリーケースのところに戻って、もう一つの包みを取って来た。

「これも、よかったら」

「二つもくれるの？」

「こういうの、川久保が好きかどうかわかんないんだけど……」

もごもご言い訳する睦月の前でラッピングをほどいた川久保は、「お」と目を瞠った。

「意外なチョイスだな。小嶋が誕生日にアクセサリーをプレゼントしてくれるとか」

「実は御子柴さんのゴリ押しで……」

正直に答えると、川久保は噴き出した。

「そういうことか。納得」

「俺もお揃いで買っちゃって……」

言ってしまってから、まるで女子のようなことをしている自分が急に恥ずかしくなってきて、慌てて言い訳を連ねる。

「いや、なんていうか場の勢いで買っちゃったんだけど、俺は家にいるときにつけるくらいで、川久保と出かけるときにつけたりしないから、そこは全然大丈夫だから」

「なんで？　せっかくペアなんだから、一緒につけようよ。小嶋のも見せて」

「え……」

「えじゃなくてさ、持ってきてよ」

促されて再びキャリーバッグのところまで戻り、紙袋を持って戻る。

「へえ。微妙にデザインが違うんだな。こっちの方が色が薄くて華奢で、小嶋に似合いそう」

「それも御子柴さんが選んでくれて」

「さすがのセンス」

川久保はタグを切って、ブレスレットを睦月の左手首につけてくれた。

「お、似合う。急におしゃれ男子っぽい」

「じゃあ、川久保も」

睦月も川久保の手首にブレスレットを巻いて、真鍮のフックをひっかけた。なんだかむずむずと気恥ずかしくなりながら、またしても言い訳っぽく口を開く。

「あのね、俺、ペアのものを身に着けてるカップルの気持ちとか全然理解できなくて、むしろ引いてたんだけど、なんか今、ちょっとそういう人たちの気持ちがわかるっていうか……」

「俺も。ムズムズするけど、楽しいな、こういうの」

「うん。こんなこと言ったら、川久保に引かれそうだけど……」

「ん？」

「川久保は俺のものって、タグをつけたみたいな気持ち」

言ってしまってから、やっぱり色々な意味でありえない発言だと思って、慌てて取り消すように顔の前で両手を振った。

「あ、ごめん、今のナシ！」

「なんでナシなの？　今の、すげえキたけど」

そう言いながら、川久保はパタパタする睦月の手を捕まえにきた。

「小嶋は押しに弱いし、逆に俺は遠慮（えんりょ）なく押していく方だから、なんとなく小嶋はノーって言えずにつきあってんのかなって、ちょっと思うこともあったんだ。けど、小嶋の方からタグつけたとか独占欲っぽいこと言われて、今、結構浮かれてる」

「……引いてない？」

「逆だよ。むしろ前のめり」

睦月の手を引っ張って、川久保は唇を重ねてきた。ブレスレットの真鍮が触れ合って、小さな金属音を奏（かな）でる。

久しぶりのキスで、部屋の中の湿度があがっていくような気がする。ドキドキを落ち着かせようとして、睦月は川久保の腕の中で話題をそらす。

「御子柴さん、今頃どうしてるかな」

「んー、あの親父さんの目をうまくかいくぐって、ハリウッドと逢引してるんじゃないか?」

答えながらも川久保は睦月の身体に手を這わせ、顎や首筋にキスの雨を降らせてくる。

「お父さんの目をかいくぐるのは、大変そうだよね。そういえば瀬野さんの家族は……」

「ストップ」

川久保が睦月の口を手で塞いでくる。

「御子柴さんたちのことはひとまず横において、目の前のことに集中しろよ」

睦月はうっと言葉に詰まる。わざとではないのだが、無意識に場の空気をはぐらかそうとしていたことをあっさり見抜かれている。

「二つもプレゼントをもらったうえで、さらにねだるのは厚かましいけど、誕生祝いに今夜は最後までしてもいいか?」

川久保の提案に、睦月のドキドキはさらに激しくなる。

「あ、えと、じゃあ、試用期間は終わりってこと?」

「試用期間?」

川久保が怪訝そうに訊ねてくる。

「川久保が最後までしないのは、本気でつきあうかどうかまだ考え中なのかなって……」

睦月がおどおどと答えると、川久保は「は？」と剣呑な声を出した。

「なんだよ、それ。おまえがいつもギャーギャー拒むから、こっちは全理性を総動員して我慢してきたんだろうが」

「……え？」

「え、じゃねえよ。ノーと言わないおまえが、そんときばっかヤダヤダいうから、よっぽど本気でイヤなんだろうなって思うだろ。それを試用期間ってなんだよ」

「いや、あの、川久保がそれ以上してこないのは、そこまでする気にはならないとか、まだ様子見なのかなって……」

「は？　じゃあ無理矢理やっちゃってよかったの？　だったらあんなにヤダヤダ言うんじゃねえよ。わかりづらいだろうが」

「違くて、俺も最後までするのはちょっと怖くて……その、物理的な怖さもあるし、なんかすごい無様なことになって、川久保に興ざめされたらどうしようとか、色々考えたら怖くなっちゃって……」

川久保は完全に呆れ顔になる。

「……お前の中の俺って、どんなキャラだよ。セックスの最中に、相手に興ざめするような頭おかしいやつ？」

「か、川久保のせいじゃなくて、俺にそういう魅力がないばっかりに……」

「魅力がないって、なんでそんな話になってるんだよ。完全に小嶋の妄想だろう」

言われてみればその通りだった。

「で、物理的な怖さってなに？　俺が小嶋に強引なことして、苦痛を与えるとでも？」

「そうじゃないんだけど、川久保の、あの、その、川久保……すっごい大きいから」

睦月がしどろもどろに言うと、川久保は胡乱げに目を細めた。

「おまえさ、煽ってんの？　それとも天然？」

「ち、違うよ」

「俺は好きな相手に苦痛を与えるようなことはしないし、ことの最中に相手に興ざめするなんてこともない。ほかに心配なことは？」

「いや、あの……ないです」

「じゃあ、今夜は最後までする」

きっぱり言い切られて、緊張と恥ずかしさと幸福感がみつどもえで睦月の脳を揺らす。

結局最初から最後まで、流され人生の自分。

でも、だからこそ、ノーと言えないばかりに受け入れたと、川久保に思われたくなかった。

睦月は川久保の腕から抜け出し、キャリーバッグの方へとあとずさる。

「あの、あのね、沢渡が」

そんな睦月を見た川久保は、この期に及んでまだ睦月が話をはぐらかそうとしていると思ったらしい。

「いい加減に観念しろよ」

しびれを切らした様子で立ち上がって、睦月を追ってくる。

「最後までさせない理由がそんなことなら、今夜は逃がさねえからな」

「ち、違うよ、逃げてるんじゃなくて……」

睦月はキャリーバッグの中から、沢渡にもらったボトルを取り出した。

「沢渡が、これ使うといいって……」

睦月が真っ赤になって差し出したボトルを見て、川久保は目を見開いた。

「あの……今夜はよろしくお願いします」

「……こちらこそ」

答えるや否や、川久保は睦月を抱き寄せて、そのままもつれるようにベッドに倒れ込んだ。

「ん……っ」

荒々しく唇を塞がれて、睦月は思わず背をのけぞらせる。温泉に入ったあとで、部屋着のハーフパンツに半そでシャツを羽織っただけだったので、ベッドでもつれあううちに、あっという間にシャツをはぎ取られてしまった。

「ここに来てからこういうことできなかったから、なんか新鮮だな」

睦月に馬乗りになったまま、川久保は自分のTシャツを脱ぎ捨てる。

「川久保、すごい日に焼けて、別人みたい」

「それもまた新鮮だろ?」

笑いながら、川久保は睦月の首筋に唇を這わせてくる。

「っ……」

最後まではしていないが、途中までの工程は何度も経験済みで、川久保は睦月の弱い場所をよくわかっている。首筋、脇腹、胸の突起、腰骨の周辺などを、指先や唇で巧みにくすぐられると、ムズムズとした快感が徐々に全身を侵食していく。

「たまんないな」

ぼそっとつぶやいたのは、実際にたまらない快感に唇をかみしめて身悶えている睦月ではなく、川久保の方だった。

「……え?」

「おまえのその、気持ちいいけど恥ずかしくて声も出せない、みたいな顔見てると、ムラムラしてきて、もっとひどいことしたくなる」

「か、川久保ってそういうケがあったの?」

怯えて身を硬くすると、川久保は噴き出した。

「ひどいことって、別にいたぶるって意味じゃないぞ? もっと気持ちよくさせて、声を押し殺すなんて無理って状態にさせたくなるってこと」

言いながら川久保の手がハーフパンツのゴムにかかり、下着ごと引き下ろされる。

「ひゃっ」

「相変わらずエロい色してんな」

「や……」

手で触れるより先に、川久保は睦月の興奮に舌を這わせてくる。川久保はこれをするのが好きらしくて、毎回長時間喘がされるが、睦月は相変わらず羞恥が先立つ。

「ま、まって、川久保、それ、今日はいいから、早く最後まで……」

「大胆なお誘いだな」

「いや、あの……」

「それともさっさと終わらせて欲しいって?」

「そうじゃなくて、それ、恥ずかしいから……」

「いつも真っ赤になって抵抗するもんな」

「う……」

「でも、すげえ感じてるよな?」

「……っ」

そう言われると、返す言葉がない。死ぬほど恥ずかしいけれど、感じてしまうのは事実だった。

「小嶋のギャップ、そそられるんだよな。一見不感症っぽいのに、実はすげえ感じやすいとか」

なんだかいやらしいと言われているようで、いたたまれなくなる。

「こういうことだけじゃなくてさ、前にも言ったけど、流されているように見えて、意外とその状況を楽しんでたり、熱量低そうなのに、人の仲直りに涙を流したり」

御子柴と瀬野の件でうっかり感涙してしまったことを蒸し返されて、さらに居心地悪くなる。

「いい歳して恥ずかしいけど、つい感動しちゃって……」

「それだけ親身に心配してたってことだろ。いいやつだよな、おまえは」

「そんな……」

「だから俺にも親身になって。やりたいようにさせてよ」

からかうような顔でそう言うと、再び睦月のものに舌を這わせてくる。

「あ、や……ふぁ……」

川久保の大きな口の中に自分のものがぬるりと吸い込まれていく様子を見ていると、いつもながら羞恥と興奮で意識が遠のきそうになる。

「ん、あ……」

ジタバタもがこうとすると、両膝をがっちり押さえられて広げられ、容赦(ようしゃ)なく粘膜や舌で興奮を煽られて、あっという間に頂点を極めてしまう。

「あ、あっ……んっ……！」

睦月が放ったものを口で受け止め、川久保は満足そうに唇を舐めた。

「あの、俺も……」

されるばかりではいけないと、上半身を起こそうとしたが、川久保の手のひらで軽く胸を押し返され、再びバタリとベッドに仰臥させられる。

「ああ。小嶋も協力しろよ」

川久保はベッドの隅に放ってあったローションのボトルを手に取った。

自分から使って欲しいと差し出したことを思うと、さらに恥ずかしくなってくる。

手のひらに中身を出した川久保は、それを指先ですくいとって、睦月のうしろにぬりつけてきた。冷たさに思わずびくっと身が竦む。

「大丈夫？」

「大丈夫……かどうかわからない」

正直に答えると、川久保は苦笑いして、睦月の手を自分のものに誘導した。

「じゃあ、こっちに気をとられてて」

川久保のものは、すでに準備万端に近い状態だった。

「すごい……」

「それ、褒めてる？」

「いや、あの、……つらくないかなって。俺だったら、この状態でそんな平静を保っていられないと思う」

「平静じゃないよ。やりたくて死にそう」

端整な真顔できっぱり言われて、反応に困る。

「だから協力して。かわいそうな俺を、早く楽にしてよ」

冗談めかして言いながら、川久保はローションのぬるみをまとった指先を睦月の中に忍び込ませてきた。

「ひゃ……っ」

思わず変な声が出てしまうような、異次元の感覚だった。

「平気?」

「へ、平気」

本当は平気とは言い難い違和感だったが、言わなかった。ノーと言えない性格ゆえではない。

睦月の手の中で、川久保の興奮はパンパンに膨れ上がっている。

川久保はいつもこんなふうになりながら、ずっと我慢してくれていたのだ。睦月がその気になるまで、最後の一線は無理強いすまいと。

それを睦月は持ち前のネガティブさで、お試し期間だからとか、そこまでしたいわけじゃないのかもとか、勝手に勘違いしていた。

自分で思っていたよりもずっと、川久保は本気で好きでいてくれたのだ。

今回の御子柴と瀬野の騒動に関しても、睦月が何かに巻き込まれていることに気付きながらも、睦月を信じて大らかに見守っていてくれた。

「ふ……あ……、あ……」

浅いところを行ったり来たりしていた指先の本数が増え、冷たいローションを注ぎ足されると、違和感はさらに増して、思わず変な声が出てしまう。それでも、やめてとは言えなかった。言いたくなかった。

手の中の川久保はますます硬さを増していて、中断するなんて申し訳なさすぎて、睦月はもう、試練に耐える苦行僧のような心境になっていた。

そのとき、少しずつ深くに入ってきた指先が、内側のどこかに触れた。

「やっ……!」

感電したような感覚が背筋を走り抜け、睦月は声をあげてのけぞった。

「ごめん、痛かった?」

「ち、ちが……」

呆然として首を振る睦月の股間に視線を向けて、川久保は納得したようだった。

「ここ、イイ?」

再びその場所をいじられて、睦月は身を捩って逃げに入った。

「やっ、そこ、イヤだ！」

「気持ちいいだろ？　こっち、あっというまに元気になってる」

ローションでぬめった手で前を触られたら、びっくりするほど感じてしまって、睦月はパニックに陥る。

「や、待って、やっぱり無理！　ごめん、待って！」

今までマグロのように横たわってじっと耐え忍んでいた睦月が急にジタバタ暴れ出したので、川久保は一瞬驚いたような顔になる。

だが、すぐにその表情は苦笑いに変わり、腹這いになって逃げようとしていた睦月の腰をぐいっと引き戻す。

「やっぱり変わってるよな、小嶋は」

「あっ、や……」

「つらい間は文句も言わずにじっと耐えてたのに、気持ちよくなったとたん、急にヤダヤダ言いだして」

「だって……」

「でも、今日はやめないからな。今まで拒んでた理由もはっきりしたし、本気で嫌がってるわけじゃないってわかったから」

「や、待って、今日のは本気！　そこ、それ以上いじられたら、俺、おかしくなっちゃうから……」

「いいよ。おかしくなってみせて」

「やだっ！　本当にヘンになって、川久保にドン引かれるに決まってるから」

「そんな理由、認めないって言ってるだろ」

「ひゃっ！　やぁ……そこ、や、やだ……やっ……」

いやだという場所を執拗にぬるぬるとこすられて、睦月は半泣きで身を捩った。もう一方の手で前をいじられると、あっけなく二度目の絶頂を迎えてしまう。

「……っ、や、やだ……あ、あ……ふぇ……」

イっている間もさらに増やされた指で奥を突かれて、睦月は背筋を震わせながらシーツに爪を立てた。

「や……死んじゃう……」

「早えよ。これからが本番なんだから」

川久保はベッドにうつ伏せになった睦月の腰をぐっと起こすと、うしろに切っ先をあてがってきた。

潤滑をよくするためのローションのせいで逆に滑ってしまってうまく挿入できず、川久保のものの先端がぬるぬると穴の周りをこすりたてる。

パニックで逃げ出したいのに、そのもどかしい刺激にたまらないような気持ちにもなってしまう。

「あ……」

ひとたび先端の照準が合うと、川久保は睦月をピンで縫い留めるように身体をめりこませてきた。

「やっ、あ、あ……」

「痛い？」

耳元で訊かれて、ぶるぶると首を左右に振る。

いっそ痛ければよかったのに。

ひだをいっぱいに広げられて、粘膜にぴったりと密着した状態で押し入られるのは、ぞっとするほどの快感だった。

「……大丈夫？」

半ばほどでいったん動きを止めた川久保は、なにかをこらえるような低い声で訊ねてくる。

「大丈夫……じゃ……ない」

「抜こうか？」

「……やだ」

「どっちだよ」

川久保がふっと笑う気配がつながった部分から伝わってきて、それにすら感じてしまう。

「だって……」

言いたいことが頭の中を山のようにぐるぐるめぐったが、口をついて出てきたのはごくシンプルなひとことだった。

「好き、川久保が」

なんだかんだと流されて入ったサークルで、なんとなく友達になってなんとなくつきあっていることになっていて、なんとなくバイトに来て、なんとなくこの夜を迎えて……。

すべてはなんとなくのようだけれど、ただ流されただけでは、こうはならなかったと思う。

川久保が好きだ。大好きな川久保が、こんなあられもなく情緒もない体勢でヒーヒー言っている睦月を見ても萎(な)えることなく、睦月の中で質量を増している状況が、頭が変になるくらい嬉しかった。

「……おまえさ、俺を殺す気か?」

川久保は睦月の耳たぶに獰猛(どうもう)に歯を立て、ぐっと奥まで侵入してきた。

「あ、あ……」

もう何も考えられなくて、でも、つながった部分からわきあがってくるぞくぞくするような快感を川久保も感じているのだと思ったら、たまらなくなって、睦月は、甘い悲鳴をあげながら、今夜三度目の頂点を極めたのだった。

「二人とも、朝食のときに姿を見なかったけど、大丈夫？」

レイトチェックアウトで昼近くにフロントにおりると、ベルボーイの制服に身を包んだ御子柴が意味深げな笑みを浮かべて声をかけてきた。

「俺は大丈夫ですけど、小嶋がちょっと」

言わなくてもいいことを言う川久保を、睦月は慌てて遮った。

「全然大丈夫です！」

最中は夢中だったが、終わってみると普段取らない体勢をとったり、使わない場所を使かったりしたせいで、身体のあちこちが痛くて、朝はベッドから起き上がれず、川久保がルームサービスで朝食を頼んでくれた。

「むっちゃんたら、とうとう川久保のバナナを食べたのねっ！　お味はどうだった？」

身も蓋もない御子柴の質問に睦月が赤面していると、横から川久保が返した。

「御子柴さんこそ、昨夜は瀬野さんとゆっくりできたんですか？」

「まあね。三年ぶりに、いい時間を過ごしたわ。それもこれもむっちゃんのおかげよ！」

「そんな。こちらこそ、こんな素敵なホテルに泊まらせていただいて、ありがとうございました」

「とんでもないわ。ほんのささやかなお礼の気持ちよ。あら、お似合いね」

二人のブレスレットを見て、御子柴はにやりとした。

もっと話したそうにしながらも、仕事に戻らねばならないようで、

「東京に戻ったら、お互いめくるめく一夜のことを報告し合いましょうね」

楽しげに言い残して、御子柴は持ち場に戻って行った。

「報告とか……できるわけないじゃん」

睦月が赤面しながらぼそっと言うと、川久保が肩を竦めた。

「むしろ向こうの報告を聞かされるのが怖えよ」

川久保のつぶやきに、ふふっと笑って睦月は川久保と目を見かわした。照れ臭いけれど、今までのもやもやした不安感のようなものが払拭されて、なんだか肩の荷が下りた。

チェックアウトを済ませてタクシーに乗り込みながら、川久保が訊ねてきた。

「本当に身体は大丈夫？」

「大丈夫。昼までだらだらさせてもらったし」

「じゃあ、駅に向かう前に、ちょっとお茶を飲んでいかないか？　知る人ぞ知る、焼き菓子の名店があるんだ」

「いいね！　沢渡と先輩たちに、お土産を買っていこうよ」

最後はスイ研の部員らしい寄り道で締めくくることにして、睦月と川久保はタクシーの後部座席でこっそりと手を繋いで、避暑地の夏の余韻に浸ったのだった。

あとがき

AFTERWORD

―月村 奎―


こんにちは。お元気でおすごしですか。

お手に取ってくださってありがとうございます。

色白ふくよかな男性が好きで、いつかそんな主人公のお話を書いてみたいと思っていました。主人公というわけにはいきませんでしたが、今回、ふくよか男子を複数登場させることができて幸せです。

松尾マアタ先生に再びイラストをご担当いただけたのは、それを上回る幸せです！　雑誌掲載時には、素敵すぎるミコちゃんの後ろ姿に、担当さんと二人で悶絶しました。

そして今、カバー用のカラーイラストを拝見して萌え死にそうになっています。四月という発売月にぴったりな春らしいベリーのケーキに、キュートな男子トッピング！　ごちそうさまです!!

実はカラーのラフを三種類も頂戴して、散々悩んだ末にこちらを選ばせていただいたのですが、ほかの二枚ももののすごく素敵で、宝物として一人で眺めてはにやにやしています。

松尾先生、目にも心にもおいしいイラストの数々、本当にありがとうございました！

前回のあとがきで、指笛（ゆびぶえ）が吹けるようになったというご報告をしましたが、それと同じくらいどうでもいいチャレンジとして、十ヵ月ほど前から左手で日記を書いています。といっても一日数行なので目に見えて上達ということはないのですが、ノートの罫（けい）から激しくはみ出してしまっていた最初の頃に比べれば、少しずつうまくなっている気がします。

生きていく上でなんの役にも立たない、そして誰にも気づいてもらえないような、地味なことに挑戦するのが好きです。

しかし自分で思いつくことはたかが知れているので、こんなことにチャレンジしてみてはどうか？　というおすすめや、こんなことをやっているけど楽しいよ！　という同志の方の経験談などをぜひお聞かせいただきたいです。あまり体力がいらず、一人でできて、くだらなければくだらないほど嬉しいです。そもそもこんなことに同志が存在するのかどうか、いささか不安ですが……。

ここまでおつきあいくださり、本当にありがとうございました。

スイーツ男子たちのお話、少しでもお楽しみいただけましたら嬉しいです！

ではでは、またお目にかかれますように。

月村　奎

この本を読んでのご意見、ご感想などをお寄せください。
月村 奎先生・松尾マアタ先生へのはげましのおたよりもお待ちしております。

〒113-0024 東京都文京区西片2-19-18 新書館
[編集部へのご意見・ご感想] ディアプラス編集部「恋は甘くない?」係
[先生方へのおたより] ディアプラス編集部気付 ○○先生

- 初 出 -
恋は甘くない?:小説DEAR+14年ハル号(vol.53)
恋は苦くない?:書き下ろし

[こいはあまくない?]
恋は甘くない?

著者:月村 奎 つきむら・けい

初版発行:2017年4月25日

発行所:株式会社 新書館
[編集] 〒113-0024
東京都文京区西片2-19-18 電話(03)3811-2631
[営業] 〒174-0043
東京都板橋区坂下1-22-14 電話(03)5970-3840
[URL] http://www.shinshokan.co.jp/

印刷・製本:株式会社光邦

ISBN978-4-403-52424-0